오늘은 이만 좀 쉴게요

오늘은 이만 좀 쉴게요

손힘찬(오가타 마리토) 지음

이다영 그림

STUDIO : ODR

프롤로그

우리는 어릴 적부터 무언가를 성취하고 잘해야만 인정받는다고 배워왔습니다. 그래서 너무 힘든 책임이나 과한 의무를 잠시 내려놓고 쉰다는 사실에 어색함을 느끼고 죄책감을 가집니다. 타인을 신경 쓰면서도 치열하게 경쟁하고, 그 와중에 나 자신을 보호해야 살아남는 세상에서 애쓰다 보면 스트레스가 심해지고 피로가 쌓여만 갑니다. 세상사를 등지고 산에 들어가 살지 않는 이상 현실에서 스트레스를 피하는 것은 불가능할지도 모릅니다.

생각의 파도는 한순간에 일어나 우리를 덮치기에 그 흐름을 타는 법을 알아야 합니다. 나의 삶을 존중하고 타인을 올바르게 대하는 법, 그것에 정답은 없습니다. 위대한 학자의 철학을 접하더라도 내게 적용할 수 없으면 그것은 그저 지식에 불과합니다. 우리의 삶은 넘쳐나는 정보와 사회 분위기, 타인의 의견에 끊임없이 영향을 받습니다. 그러다 보면 삶이 흔들리고 외면과 내면에 간극이 벌어지기 시작합니다. 이때 중심을 잡으려면 휴식을 취해야 합니다. 물론 잘 쉬려면 먼저 머릿속의 생각을 잘 정돈해야겠죠. 과거에 받은 상처나 당장 골머리를 앓는 일부터 해결하고 정리해야 합니다.

저는 수많은 사람의 삶을 지켜보면서, 그리고 직접 이야기를 들으면서 대부분의 문제가 인간관계, 즉 타인과 연결된 것들이라는 사실을 알 수 있었습니다. 솔직히 말하면 대인관계나 삶에 대처하는 법은 사람마다 다릅니다. 그렇기에 제 생각을 강요하지는 않을 겁니다. 단지, 이런 관점도 있다고 들려드리고 싶습니다. 저의 생각을 정답으로 삼길 바라는 마음이 아니라 문제를 해결할 때 조금이나마 도움을 얻었으면 하는 마음입니다.

일단 책을 잠시 덮고 눈을 감아보세요. 눈을 감는 것만으로 마음을 가라앉히는 데 큰 도움이 되니 꼭 해보세요.

그런 다음 내 휴식에 걸림돌이 되는 것들에게 이렇게 말하기 바랍니다.

"오늘은 이만 좀 쉴게요."

여러분이 이 책을 읽는 동안에는 머릿속에 맴도는 복잡한 생각을 잠시나마 내려놓고 편안한 시간을 가졌으면 좋겠습니다. 그리고 진짜 휴식을 취하는 방법을 깨닫기를 바랍니다.

차례

1

모두를 사랑할 수 없듯
모두로부터 사랑받을 수 없다

$$2$$

자존감에 대한
엉터리 각본 다시 쓰기

3

눈물과 후회의 사랑이
나를 성숙하게 한다

인생은 좋았고
때로 나빴을 뿐이다

1

모두를 사랑할 수 없듯
모두로부터 사랑받을 수 없다

가까운 관계일수록
크게 덴다

    사랑하는 사람끼리 다툼이 끊이지 않는 이유는 몸과 마음이 가까운 만큼 사소한 생각까지 충돌하기 때문이다. 가장 친한 친구와도 작은 다툼으로 한순간에 틀어진다. 화해하여 관계를 회복하면 다행이지만 까딱하면 영영 돌이킬 수 없는 사이가 된다. 슬프지만 그것이 인간관계의 현실이다.

    그중 가족은 특히나 갈등이 끊이지 않는 관계다. 가족은 내가 선택할 수 없으며 쉽게 떠날 수도 없다. 그런 관계에서 끊임없이 상처받는다면 잠시 멀어지는 것을 권한다. 따로 독립해서 지내는 것이 가장 좋지만, 독립이 현실적으로 어렵다면 자는 시간을 제외한 나머지 시간을 집을 벗어난 장소에서 보내는 것도 하나의 방법이다. 최대한 마주치지 않는 전략인

셈이다. 그리고 가족과 떨어진 시간 동안 당신의 그릇을 넓히는 데 집중했으면 좋겠다. 당신이 그들을 품을 수 있을 만큼 마음의 여유와 경제적인 넉넉함을 갖추는 시간을 마련해야 한다는 말이다.

물건이든 사람이든, 사랑하고 아낄수록 그 대상에 작은 흠집만 나도 크게 아프고 상처받는다. 마찬가지로 가족도 지나치게 가까운 사이이기에 오늘도 당신이 밤을 지새워가며 고민하는 건지도 모른다. 미우면서도 사랑하고 사랑하면서도 미운 관계들. 가족을 비롯해 친구, 연인, 친인척, 이웃 등 다양한 관계 안에서 서로 배려하고 잘못을 바로잡기 위해 함께 노력하는 것은 소중하고 의미 있는 일이다.

때로는 친해지는 것도
위험이 따른다

"인간관계에서 상처받지 않으려면 적당한 거리를 두면 된다."

수많은 사람들이 입을 모아 하는 말이다. 하지만 거리 두기가 말처럼 쉬운 일은 아니다. 그럼 어떻게 해야 할까.

당신이 새로운 사람을 만나 알아가는 과정에 있다고 가정하자. 대화를 통해 관계가 깊어진 사람이 있고 어느 수준 이상 발전하지 않는 사람이 있다. 진전하지 않는 관계에 기대를 내려놓는 것은 쉽다. 문제는 애매하게 친분이 생긴 경우다. 마음을 허락한 상태에서 공격적인 말을 듣거나 잘못된 일이 벌어지면 냉정하게 판단하기가 어렵다.

믿었던 친구 혹은 동료와 사이가 틀어지면 그들에게 털

어놓았던 고민거리는 모두 약점이 되고, 심지어 내용이 변질되기도 한다. 상대를 향한 믿음을 바탕으로 오간 대화가 왜곡과 과장으로 바뀌고 부풀려져 날카로운 부메랑처럼 되돌아온다. 내가 그동안 털어놓은 진심들이 나를 깎아내리는 도구로 쓰이는 아이러니한 상황이 발생한다.

내 약점을 알아도 그것을 존중해주는 친구가 있다면, 힘겹게 털어놓은 진심을 이해해주는 사람이 있다면 그것은 분명 기쁘고 감사한 일이다. 다만 그런 사람은 드물고 그렇기에 새로이 친분을 맺을 때 '나를 어디까지 드러낼 것인가'를 고민한 뒤 조심스레 대화해야 하는 우리의 현실이 참 안타깝다.

모두에게 해명할
필요는 없다

나는 한때 정기적으로 독서 모임에 참석했다. 친구들을 만나도 늘 비슷한 이야기만 나눈다는 아쉬움이 있었고, 나를 색다른 시선으로 바라볼 수 있는 사람이 필요했기 때문이다. 나와 다른 사람의 일상과 이야기가 궁금했고 그들과의 대화를 통해 새로운 나를 발견하고 싶었다.

독서 모임에서는 참가자들과 자유롭게 생각을 나눴는데, 이따금 토론을 하다 보면 "이 사람, 참 괜찮다"라는 생각이 들 때가 있어 즐거웠다. 타인의 생각의 단편을 듣는 건 한 편의 글을 읽는 것과 같았고, 그 사람의 삶을 엿보는 건 한 권의 책을 읽는 것과 같았다.

물론 유쾌한 일만 있는 건 아니었다. 이야기의 결말이 매번 동화 같은 해피엔딩으로 끝나지 않는 것처럼 말이다. 누군가는 나의 가치관을 부정적인 시선으로 바라보았고, 다른 누군가는 나의 일부만 보고 편견을 가졌다. 관계가 틀어지는 건 한순간이었다.

그렇게 되면 그 사람과는 더 깊이 알기도 전에 멀어지는 일이 발생한다. 친분을 나누는 기준은 그 사람의 됨됨이가 아니라 내 편이냐, 아니냐 하는 일차원적인 판단이 된다. 선입견과 평판, 그로 인해 형성되는 분위기는 집단에 악영향을 미친다. 누군가에 관한 안 좋은 소문이 퍼지면 그것이 진실이냐 아니냐를 구분하는 사람보다 곧이곧대로 사실로 받아들이는 사람이 훨씬 많다.

오해를 기반으로 하는 대화는 쉽게 풀리지 않는다. 나의 평판을 깎아내리는 일은 되도록 만들지 않는 것이 최선이지만, 설령 누군가 나에 대한 잘못된 편견을 가지고 험담한다고 해도 애써 그를 붙잡을 필요는 없다. 신경 쓰지 않아도 된다. 반드시 평판 관리를 하고 싶다면 다수에게는 그들이 보고 싶어 하는 모습을 노출하라. 나의 진심, 솔직한 모습은 소수의 사람들에게 전달하면 된다. 그것으로 충분하다.

상대방의 약점을
이용하는 사람의 심리

범죄심리학에서는 가해자가 피해자를 세뇌시킬 때 자기반성을 하게 만든다고 한다. '이 모든 상황이 너 때문에 벌어진 일이니 너에게 책임이 있다'라는 식으로 폭력을 합리화하며 상황을 통제한다는 것이다. 서점에 가면 베스트셀러 코너에서 심리학책을 많이 만날 수 있는데, 이런 책들이 꾸준히 사랑받는 이유는 그만큼 내 마음, 혹은 다른 사람의 심리 상태가 인간의 보편적인 관심 주제여서가 아닐까.

앞서 언급한 범죄심리학 사례처럼 우리는 가해자가 피해자를 세뇌시키는 상황을 흔히 직면한다. 인간관계에서 불리한 위치에 놓인 사람은, 이른바 '을'에 해당하는 사람은 문제의 책임을 본인에게 전가한다. 쌍방의 문제거나 가해자의 결함으로 발생한 일인데도 피해자는 자신의 잘못이라며 스스로를 몰아붙인다. 게다가 '갑'의 위치에 놓인 사람은 상대방의 그런 태도를 바로잡으려 하지 않고 계속 이용하려 든다. 때로는 적극적으로 그런 생각을 심어주기까지 한다. 이것이 바로 '가스라이팅'이다. 만일 누군가와 이런 관계가 형성된다면, 상대에게 자비를 바라기는 어려울 것이다. 당신이 굽히고 참을수록 그는 자신감을 얻고 기고만장해지기 때문이다. 누군가 당신을 통제하려 들 때 당신이 대처할 수 있는 방법은 단호해지는 것이다. 무시나 단답, "아, 그렇군요", "네, 그렇네요" 등 무미건조한 반응을 보이는 편이 좋다. 반응하지 않으면 상대는 당신에 대한 흥미를 잃을 것이다. 상대가 아무리 당신에게 문제의 책임을 전가해도 스스로 잘못했다고 생각하지 말고, 자책하지도 마라. 그 사람의 말을 대충 듣고 흘려보내서 나에게 아무런 영향력도 갖지 못하게 해야 한다.

　누군가 나보다 우위에 있는 것 같다고 해서 겁내지 마라. 성별과 지위, 나이를 막론해 모든 인간은 평등하다. 친구도 연인도 모두 동등함을 전제로 관계를 맺어야 한다. 상대가 나보다 어리다고 푸대접해서는 안 되고, 나이가 많다고 무조건 대접할 일도 아니다. 서로 배울 점은 배우고 고칠 부분은 고치며 함께 맞춰가는 것이 관계의 기본이라 믿는다.

다른 사람의 하이라이트 신과
비교하지 말 것

　세상에서 가장 쓸데없는 감정 낭비가 자신과 남을 비교하는 것이다. 물론 나 또한 이따금 타인과 나를 비교하며 열등감을 느끼지만 그런 비교는 현재 위치에서 더 분발할 수 있는 동력으로 삼는 수준에서 그치지, 그 이상으로 넘어가진 않는다. 비교가 과하면 자책이 심해져 상처받고 괴로울 뿐이다. 그리고 남들과의 비교가 무의미한 가장 큰 이유는 당신이 선망하는 타인의 모습이 그 사람의 하이라이트 신이기 때문이다. 정교하게 계산된 각도와 구도로 찍은 후 보정까지 더한 사진 속 타인의 모습과 평소 나의 초췌한 모습을 비교하는 것은 애초에 잘못된 일이다. 그리고 모순적이게도 인간은 자신에게 없는 것을 서로 부러워하면서 산다. 남과 나를 저울질하면서

혼자 상처받지 말고, 오늘 내가 일구어낸 일에 감사하며 그것
들을 사랑하는 연습을 하자.

　　다른 사람을 부러워한다는 것은 당신이 그가 가진 어떤
특성을 동경한다는 것이다. 그 사람이 되길 원하는 것이 아니
므로 그 특성을 추구하고 자신만의 개성으로 녹여내면 된다.
밑바닥에 있는 사람에겐 올라갈 일만 남았다. 어느 정도 올라
간 사람은 그 상태를 유지하기만 하면 된다. 받아들이기에 따
라 쉬울 수도 있고 어려울 수도 있지만, 어차피 나아가야 한다
면 스스로가 믿는 그 길을 천천히 나아가자. 그리고 내가 가진
것을 어떻게 활용할지 고민하는 편이 누군가를 부러워하는
일보다 훨씬 더욱 생산적이지 않을까.

걱정하는 척 참견하는 사람을
대처하는 방법

20대 초반, 내 손에 쥐어진 건 아무것도 없었다. 아무리 주먹을 쥐어도 모래알처럼 빠져나갔다. 그때까지만 해도 내가 누군가는 허황된 일이라고 말하는 작가를 꿈꾸게 될 줄은 아무도 예상하지 못했다. 나 역시 스스로가 너무나 보잘것없이 느껴져 작가가 되겠다고 남들한테 말하지 못했다. 대신 아무도 없는 학교 도서관에서 언어를 수집해가며 선한 영향력을 발휘하는 작가의 꿈을 다졌다. 동시에 내 삶을 진지하게 들여다보는 시간을 가졌다. 그런 시간들을 거쳐 2018년 나의 에세이가 출간되었고 그 후 비로소 스스로를 작가라고 당당하게 소개할 수 있었다.

정말로 꿈을 이룰 줄 몰랐으니 숨기기도 했지만, 당시에는 주변에 내 꿈을 알리는 일이 무척이나 두려웠다. 주변 사람에게 말해봐야 "글로 어떻게 먹고살 생각이냐", "돈도 안 되는 일을 뭐하러 하나. 글은 그냥 취미로 써라"라는 반응이 나올 것이라 생각했다. 그래서 조용히 글을 써 한 권의 책을 출간했다. 동네방네 소문내봤자 그들에게 나를 평가할 기회만 제공할 뿐이라고 생각했다.

고민 상담을 받다 보면 본인이 선언한 목표를 이루는 과정에서 타인의 시선을 못 견디는 사람을 많이 만난다. 그들은 주변 사람이 자기가 하는 일을 못마땅하게 생각한다며 힘들어한다. 무언가를 선언한다는 것은 멋진 일이다. 하지만 그 선언을 실현할 자신이 없다면, 말을 아끼는 것도 스스로를 지키는 하나의 방법이다. 진로나 꿈에 관한 이야기는 정말 나를 지지해주는 사람에게만 하자. 그런 사람이 주변에 없다면 같은 목표를 향해 나아가는 사람과 친해지면 된다. 남 일에 관심이 많은 사람들은 항상 촉을 날카롭게 세우고 험담의 소재를 찾는다. 남들의 말에 휘둘리지 않고 직진할 수 있다면 당당히 목표를 선언해도 된다. 하지만 타인의 시선을 이겨낼 자신이 없다면 어느 정도 결과물을 만들어내고 성취감을 얻을 때까지 기다리자. 성취감은 자신감을 불어넣어줄 테고, 결과물은 자존감 도둑들로부터 나를 보호해줄 것이다.

나는 지금도 내가 감당할 수 있는 부분만 드러내고, 먼 미래의 계획은 굳이 이야기하고 다니지 않는다. 원래 목표란 실제로 증명한 후 공개해야 더욱 멋지게 보이는 법이다. 당신이 내밀하게 품고 있는 꿈은 보물을 묻어두듯 가슴에 간직하라. 꿈을 실현하고 나면 알 것이다. 원하는 바를 이룬 사람의 가슴 속에는 항상 마음을 뜨겁게 만드는 동력이 있고, 언제나 그것을 잊지 않고 살아간다는 사실을.

어디까지
공감해야 할까

공감 능력이 결여된 사람만큼 주변 사람을 불편하게 만드는 유형이 없다. 그렇지만 아무리 노력해도 공감할 수 없는 상황에서 누군가 공감을 바란다면 그것은 그것대로 난감하다. 나는 최대한 좋은 게 좋은 거라며 상대의 입장을 헤아리고 공감하려 애쓰지만, 그런 내게도 아무리 생각해도 이해가 가지 않는 상황이 있다. 그럴 때는 솔직하게 "그건 아닌 것 같다"라고 말해야 할지, 혹은 일단 이해한다고 말한 뒤 내 생각을 전해야 할지 고민이 된다.

특히 고민 상담을 하다 보면 조언을 얻으려 하기보다는 그저 "내 이야기 좀 들어주세요"라는 의도를 풍기는 사람이 꽤 많다. 결국 자신의 생각에 전적으로 동의해달라는 뜻이다.

이미 자신이 절대적으로 옳다고 믿는 일에 반박하면 그는 어떤 반응을 보일까? 그때부터 나는 그에게 '좋은 사람'이 아니게 된다.

인간은 공감 능력이 뛰어난 존재다. 그리고 살아가면서 반드시 공감해주어야 하는 순간(가령 직장 상사의 말에 맞장구를 치거나 연인이 잘못했어도 가끔은 져주는 일)은 분명히 있다. 이 외에도 눈치를 봐야 하는 상황은 많지만, 어쨌거나 공감은 결코 의무가 아니라는 사실을 유념했으면 한다. 이것은 털어놓는 사람이든 들어주는 사람이든 마찬가지다. 만약 한 번 보고 말 사이라면 무리하게 공감하지 않아도 상관없다. 하지만 자주 봐야 하는 사람이라면 우선은 들어주되, 지나치게 맞장구치지 말고 자신을 위해 화제를 빠르게 전환하자. 당신이 공감할수록 상대방은 신나서 듣기 싫은 이야기를 계속 늘어놓을 수 있다. 바로 그런 상황을 방지하기 위함이다. 공감하는 일도 감정노동에 포함된다. 마음에 여유가 없다면 적당히 고개를 끄덕이고, 물 흐르듯 자연스레 화제를 바꾸자.

나를 싫어하는 사람을
대하는 자세

사람을 좋아하는 데 이유가 없듯, 싫어하는 데에도 구체적인 이유가 없다. 조금 전까지 당신과 정답게 이야기했던 사람, 방금 막 웃으면서 헤어진 그 사람이 속으로는 당신을 싫어할 수도 있다. 겉으로는 살갑게 대해도 뒤돌아서자마자 당신의 험담을 시작할지도 모르는 일이다.

나는 매일 사람들로부터 고민 상담을 받는데, 고민의 상당수가 특정 인물에게 미움받고 있어서 걱정이라는 내용이다. 그때마다 나는 단호하게 말한다.

"아무 이유 없이 남을 험담하는 것이 습관화된 사람과는 처음부터 거리를 두고 지내는 편이 낫습니다. 뒤늦게 알았으면 그때부터 거리를 두고요. 몸도, 마음도 최대한 멀리하는 것이 좋아요. 쌈닭이 될 것이 아닌 이상 말이죠."

　나를 싫어하는 사람에게 잘 보이려 노력해봤자 상처만 받을 뿐, 얻을 것은 아무것도 없다. 당신이 모든 사람을 사랑할 수 없듯이, 모든 사람으로부터 사랑받을 수 있을 거라는 기대를 버려야 한다. 나를 잃어버리면서까지 나를 싫어하는 사람에게 신경을 쏟을 필요가 없다. 최대 수명 120세를 바라보는 시대인데, 내 소중한 이들에게 집중하기에도 에너지가 모자라지 않는가. 다만 나와 엇갈린 사람을 통해 나에게 어떤 문제가 있는지 배울 수 있고, 어떤 사람과 안 맞는지 깨달을 수 있다. 물론 이유 없이 나를 싫어하는 사람은 거르는 편이 좋다. 단, 제삼자의 귀를 막아주는 사람은 없으니 오해가 있다면 그들에게는 당신이 직접 해명해야 할 것이다.

　내 마음대로 할 수 없는 것이 인간관계지만, 반대로 원하는 대로 만들어나갈 수 있는 것 또한 인간관계다. 이러저런 과정을 거치다 보면 결국 남을 사람은 남는다. 그 후에는 당신과 잘 맞는 그 사람과 돈독한 관계를 만들어가면 된다.

가짜를 거르는 계기는
반드시 온다

　나는 그동안 다른 사람의 눈치를 너무 많이 보며 살아왔다. 사람들과 원만하게 지내고 싶었기 때문이다. 하지만 언제부터인가 내가 베푼 호의는 그들이 당연히 누려야 할 권리가 되었다. 상황이 잘못됐음을 느낄 무렵엔 바로잡기 어려운 지경이라 자연스레 포기하는 단계에 이르렀다. '그래, 내 선에서 참고 끝내는 게 편하지. 더는 일을 크게 만들고 싶지 않아.'

　하지만 정말 그게 최선일까. 당신이 참기로 마음먹었다면 말리지는 않겠지만, 최소한 당신 혼자 힘들어하는 관계는 문제가 있다는 점만은 분명히 말해주고 싶다. 관계는 두 사람의 노력으로 꾸려나가는 것인데 왜 한쪽만 불편을 감수해야 할까. 베풀 만큼 베풀었고, 참을 만큼 참았는데도 상대가 변하지 않는다면 혼자 전전긍긍하기보다 정리하는 편이 낫다. 대화를 시도해도 일방통행일 뿐 이해와 존중을 받지 못한다면 그런 사람 때문에 감정을 낭비하지 않았으면 한다. 설령 당신이 그와 의도적으로 거리를 두거나 관계를 끊는다 해도 스스로를 나쁜 사람으로 몰아갈 필요가 없고, 타인도 당신을 비난할 자격이 없다. 잘못한 쪽은 오히려 당신이 상처투성이가 될 때까지 방관한 그 사람이다.

변하지 않을 관계를 끈질기게 붙잡고 있는 것만큼이나 미련한 행동은 없다. 그러니 새롭게 출발한다 생각하고, 이참에 가치관 또한 재정립해보면 어떨까.

내 삶을 지켜준
사람들

고속버스를 타고 출퇴근을 하던 첫 직장 생활 시절, 나는 버스에서 내리기 전 기사님에게 항상 감사하다고 말했다. 고속버스 사고 소식이 뉴스에 심심치 않게 등장하는 가운데 반년이 넘는 기간을 내가 사고 없이 다닐 수 있도록 안전하게 운전해주었기 때문이다. 기사님은 그저 자신의 일을 했을 뿐이지만, '내 일상이 그분들의 노력 덕분에 지켜지는구나' 싶어 감사했다.

타인의 노력이 없다면 나는 몸도 마음도 지금처럼 성하지 않고 훨씬 불편한 삶을 살았을 것이다. 이 세상에 당연한 것은 없다. 내 삶이 안전하게 유지되는 이유는 공기와도 같은 익숙한 환경이 늘 그 자리에 있기 때문이다. 그러니 감사한 마음을 가지는 게 옳다.

　나를 항상 지지해주고 곁에 있어주는 사람들은 또 얼마나 소중한가. 평생 함께할 거라 믿었던 사람이 갑자기 세상을 떠났다는 소식을 들으면, 그들의 존재가 결코 당연하지 않았음을 새삼 깨닫는다.

　만약 쑥스럽다는 이유로, 혹은 괜한 자존심 때문에 표현하지 못한 마음이 있다면 용기를 내어 한마디라도 전했으면 한다. 아침에 집을 나서기 전 밥상을 차려주시는 부모님에게 잘 먹었다는 간단한 인사말이라도 좋다. 힘든 일을 겪는 친구에게 안부를 물으며 힘이 되는 말 한마디를 건네거나 오늘도 사랑한다는 고백으로 연인과 하루를 시작해보자. 그들도 당신이 눈치채지 못하는 사이 그런 표현을 해왔을 것이다. 표현 방식은 관계에 따라 다를지도 모른다. 그런데 잘 생각해보면 그 속뜻은 당신을 소중히 여긴다는 하나의 메시지로 통일될 것이다.

내 사람을
구분하는 방법

　인간관계에서 일어나는 갈등이 무서운 이유는 뭘까. 서로 다투고 등을 돌린 순간부터 편을 가르기 시작하고, 상대방에 관한 과장된 소문과 험담을 걷잡을 수 없이 키워 옮기기 때문이다. 남의 험담만큼 재밌는 이야깃거리가 없으며, 험담하는 사람들에게 소문의 사실 여부는 중요하지 않다.

　반면 사실 여부가 밝혀지기 전까지 함부로 말하지 않거나 당사자에게 직접 어떻게 된 일이냐고 물어보는 사람도 있다. 가까운 사이가 아니라면 언급을 자제하고 그 사람을 피하면 되고, 나를 믿어줄 사람이라는 확신이 든다면 그에게라도 해명하면 된다.

좋은 사람과 쓰레기를 구분하려면, 그에게 착하고 상냥하게 대해주어라. 좋은 사람은 후일 한 번쯤 너에게 보답할 방법을 고민해볼 것이고, 쓰레기는 슬슬 가면을 벗을 준비를 할 것이다.

- 모건 프리먼

친구,
내가 선택한 가족

친구라는 이름의 탈을 쓰고 이 관계를 악용하는 사람이 생각보다 많다는 사실이 놀랍다. 힘들 때 외면하지 않는 사람은 드물지만, 잘됐을 때 진심으로 축하해주는 사람은 더욱 적다. 친구가 성공했을 때 질투와 열등감을 느끼지 않는 것은 친구가 실패했을 때 동정심을 갖지 않는 것만큼이나 어려운 일이다. 더 나아가, 내가 잘 풀릴 때는 가까이 지내다가 어려울 때 외면한다면 정말 그를 친구라고 말할 수 있을까. 단지 이야기를 들어줄 사람이 필요해서 연락을 이어가거나 친구를 어떤 목적을 달성하기 위한 수단으로 생각한다면 그건 친구가 아니라 감정 쓰레기통에 불과하다.

힘들다고 말했을 때 무슨 일 있냐며 바로 전화를 해주거나 달려오는 사람, 나에 관한 안 좋은 소문이 돌 때 내게 사실 여부를 반드시 확인하는 사람. 솔직한 심정을 말할 수 있고 의견 차이를 인정하며 서로를 진심으로 존중할 줄 아는 관계가 진정한 우정이다.

혹자는 환경이 바뀌어 몸이 멀어지면 마음에도 거리가 생기지 않냐고 반문한다. 당연한 얘기다. 하지만 다시 만났을 때 어색함이 오래가지 않고 금방 편안함을 느끼는 사이, 침묵마저도 대화 같은 사이, 자주 연락하지 않아도 그동안 쌓인 이야기를 풀며 밤새도록 이야기할 수 있는 사이가 친구다. 나는 '친구는 내가 선택한 가족'이라는 말을 좋아한다. 함께 있을 때 불안하지 않고 평온한 사람은 그 자체로 휴식이다.

연락처 목록을
훑어보니

연락처에 등록된 친구 수는 천 명이 넘는데 그중 실제로 연락하는 사람은 10분의 1도 되지 않는다. 나는 먼저 안부를 챙기는 성격이 아니기 때문에 근황을 물어볼까 고민하다가도 결국 평소 연락을 주고받던 사람한테만 연락한다. 하지만 어쩌다 가끔 친구 목록을 훑어볼 때가 있는데 목록이 길다 보니 훑어보기만 해도 순식간에 30분이 증발한다. 그렇게 시간을 쓰고 나면 "정말 쓸데없는 짓을 했구나" 싶다. 영국 프리미어리그 감독인 알렉스 퍼거슨은 "SNS는 인생의 낭비다"라는 명언을 남겼는데, 이 말은 무의미한 관계를 신경 쓰는 일 자체가 시간 낭비라는 의미일 것이다.

인맥 관리를 주제로 한 어느 기사의 통계 자료에 따르면 성인 남녀의 87.1퍼센트가 인맥 다이어트의 필요성을 느낀다고 한다. 자신에게 스트레스를 제공한 사람을 연락처에서 지우거나 주기적으로 연락처를 정리하고픈 마음이 든다는 것이다. 인간관계를 정리하는 것도 현대 생활의 한 가지 습관으로 자리 잡은 모양이다.

그렇지만 누구나 마음 한구석에는 조금 용기를 내어 안부를 물으면 놓친 인연을 되찾을 수도 있지 않을까 하는 기대감이 있을 것이다. 어쩌면 나와 같은 생각을 하는 사람이 있지 않을까, 혹시나 하는 마음으로 나처럼 핸드폰을 쥐고 머뭇거리는 사람이 있진 않을까 고민하기도 한다. 안부 인사 한 번으로 놓친 인연을 되찾는다면 그건 마법과도 같은 일이다. 연락처를 훑어보는 행위가 우연이라면, 우연을 인연으로 만드는 방법은 멋쩍음보다 기대감을 키워 메시지 전송 버튼을 누르는 일일 것이다.

나를 낮추는
서열 관계의 독

　학창 시절, 반마다 분위기를 휘어잡고 다른 학생들 위에서 군림하는 무리가 있었다. 그 무리에 속하고 싶어서 자신을 낮추고 '을'이 되길 자청하는 친구들까지 있었다. 이런 학급 풍경은 예나 지금이나 비슷해 보인다. 앞으로도 서열을 정리하고 서로의 계급을 나누는 집단 문화는 쉽게 사라지지 않을 것 같다.

　나 역시 학창 시절에는 그런 계급 구조가 신경 쓰였다. 학교의 울타리를 벗어나면 조금 달라질까 싶었지만 사회에 나온 후로도 권력 다툼을 하고 서열을 정하는 사람들이 자주 눈에 들어왔다. 우리의 DNA에 권력을 쟁취하고 경쟁하려는 습성이 새겨져 있다면 어쩔 수 없는 일인지도 모른다. 그러나 문제는 서열이 한번 정해지면 무례한 언행을 일삼고 선을 넘어도 모두가 대수롭지 않게 여긴다는 점이다. 서열이 낮은 사람이 이의를 제기하면 "우리 사이에 이 정도 장난은 칠 수 있지"라는 식으로 넘기거나 소위 '진지충'으로 낙인을 찍으며 분위기를 망치는 사람으로 몰아세운다. 나아가 친절한 사람은 만만한 사람으로 보고 가까울수록 함부로 대한다. 언제부터 자신의 소신을 밝히는 사람이 '진지충'이 되었을까. 집단 내 영향력이 크거나 자신이 동경하는 사람의 말은 긍정적으로 해석하지만 내가 하찮게 취급하는 사람의 말은 부정적으로 바라본다. 그런 분위기 속에서는 화를 내는 사람만 이상한 사람이 된다. 그리고 "우린 가까운 사이이니까" 혹은 "불쾌하면 진작 말하지 그랬어?"라는 가벼운 논리로 상황이 무마된다. 이런 식의 언행은 한 사람의 표현의 자유를 억압할 뿐만 아니라 당하는 사람의 내면에 씻을 수 없는 상처를 남긴다.

물건은 이용하고, 사람은 사랑하라.
반대로 하지 마라.

– 존 파웰, 『믿음의 눈으로』

뒷말하는 사람들을
일일이 상대해야 할까

타인을 험담하는 사람의 심리는 다음과 같다.

1. 다른 사람이 잘되는 모습을 보니 배가 아프다. 내 밑으로 깎아내려 우월감을 느끼고 싶다.
2. 나보다 열등하다고 생각한 사람이 나보다 앞서 나가자 위기의식을 느낀다.
3. 내가 인정한 적 없는 사람이라 믿을 수가 없다.
4. 그냥 이유 없이 마음에 들지 않는다.
5. 주변 사람이 욕하니까 장단을 맞춘다.
6. 다른 사람에게 폭력적으로 구는 일이 즐겁다.
7. 성향 자체가 타인의 단점을 잘 찾아낸다.

8. 할 일이 없다.

이 밖에도 여러 특징이 있겠으나, 요약하자면 열등감에 잘 사로잡히는 사람이라 할 수 있다. 이런 사람들은 자신의 장점만 크게 부풀리고 결점에는 눈과 귀를 막는다. 다시 말해 자신에 대해서 제대로 알지 못하는 사람이다. 자기 자신조차 객관적으로 파악하지 못하는 사람의 평가로 당신의 값어치를 매길 필요는 없다. 사람들에게는 자신의 생각을 분명하게 밝히되, 험담하는 사람에게 굳이 해명하며 시간을 쓰지 말자. 그 사람은 이미 당신을 싫어하므로 당신이 어떤 행동을 해도 아니꼽게 볼 것이다. 곁에 있어주는 사람을 믿고 목적지까지 담담하게 나아가길 바란다. 누군가가 뒤에서 나를 욕한다는 것은 이미 당신이 그 사람보다 앞서 나가고 있다는 증거다.

이런 관계를
계속 유지해야 할까요?

한때 매일 들어오던 고민 상담 요청 가운데 대부분은 인간관계의 어려움을 토로하는 내용이었다. 상담을 요청하는 사람들의 이야기만 들어서는 상황을 100퍼센트 객관적으로 바라볼 수 없지만, 신기하게도 갈등이 생기는 배경에는 한 가지 공통점이 있었다. 고민에 등장하는 상대방의 논리는 항상 다음과 같았다.

"네가 나를 판단하는 건 잘못된 일이고 네 생각은 틀렸어. 내가 오해받는 이유는 네가 나를 믿지 못하고 의심하기 때문이야."

한마디로 자신이 항상 옳다는 이야기다. 이런 사람과는 대화를 통해 문제를 해결할 도리가 없다. 대화란 두 사람이 서로 마주 보고 이야기를 나누는 것인데 한쪽이 등을 돌리고 자기 할 말만 하니, 어떻게 오해가 풀리겠는가. 누구나 색안경을 끼고 세상을 바라본다고들 하지만, 지나치게 편협한 관점에서 갈등을 대하면 쉽게 풀릴 문제도 해결되지 않는다. 이런 사람들의 또 한 가지 공통점은, 앞에서는 화해해도 뒤에서는 상대의 험담을 하고 다니며 스트레스를 준다는 점이다. 열등감 탓인지, 남을 어떻게든 깎아내려서 본인의 가치를 높이려는 심산인지는 모르겠으나, 그렇게까지 해서 살아야 하는 자신의 모습을 객관적으로 바라보는 날이 온다면 분명 수치스러울 것이다.

멀리서 개가 짖는다고 같이 짖는 사람은 없다. 진심을 알아주지 않고 자신을 보호하기 급급한 그를 애잔히 여기며 그러려니 하자. 귀가 조금 거슬릴지언정, 그것이 당신의 인생을 휘두를 리는 없다. 그런데도 그 사람과의 관계를 어떻게 해야 할지 묻는다면 다시 한번 정확하게 말하겠다.

"이미 한번 당해봤으니 어떻게 해야 할지 알지 않는가."

구체적이고 다양하게
표현해야 한다

　내 마음이 좀처럼 전달되지 않을 때가 있다. 내가 본 아름다운 해변의 풍경을 상대에게 자세히 묘사하거나 해변을 찍은 사진을 보여줘도 상대는 '그럭저럭 괜찮은 바다구나' 정도로 이해하고 넘어갈 확률이 높다. 사람은 자신이 아는 것만큼 해석하고 이해한다. 혹은 이해가 되지 않아도 이해한 척하고 넘어간다.

　나는 사실 상대의 모든 말을 100퍼센트 이해할 필요는 없다고 생각하는 주의다. 그런 일이 가능하려면 그 사람에 대한 배경 지식과 고도의 집중력이 필요한데, 일상적인 대화에서 우리는 그만한 에너지를 소모하진 않는다. 어떤 관계에서 나의 진심이 전달되지 않아 속상했던 경험이 누구에게나 한

번쯤 있을 것이다. 하지만 반대로 생각해보면 우리도 상대의 진심을 매 순간 받아들이며 살아가지 않는다. 그만큼 인간은 이기적이며 모순적인 존재이다.

하지만 내 마음을 조금 더 효과적으로 전달할 수 있는 방법은 있다. 평소와 다른 방식으로 표현하는 것이다. 사랑한다는 말도 전화로 전하는 것과 직접 만나서 전하는 것은 느낌이 다르다. 똑같은 장문의 메시지라도 이메일로 전달하는 것과 메신저를 이용하는 것, 손편지를 쓰는 것은 분명히 전달력이 다르다. 갈등이 생겼을 때 카톡으로는 진정성이나 미묘한 뉘앙스를 살리기 어려우니 적어도 전화 통화를 하거나 직접 만나서 이야기하는 쪽을 권한다.

마음은 표현하기 나름이다. 자유롭게 발언하되, 상대방은 내가 생각 없이 뱉은 한마디를 수백 번 넘게 곱씹고 고민할 수 있음을 고려했으면 한다. 말은 귀로 들어가 마음속 깊이 뿌리내린다.

물론 아무리 신중하게 말해도 오해가 생기기도 한다. 한쪽의 잘못이라기보다 나의 전달 방식이 미숙해서일 수도 있고 상대의 이해하는 범위가 좁아서일 수도 있다. 그러므로 제대로 대화하기 위해서는 서로 끊임없이 조율하고 노력해야 한다.

친한 친구에게
열등감을 느낄 때

중학교 시절부터 사귀어온 친구가 있다. 그때는 우리 둘 다 어렸던지라, 친구는 자신이 가진 지식을 내게 과시하기 바빴고 나는 배우려는 노력은 하지 않으면서 친구가 그럴 때마다 자존심만 상했다. 그래서 나는 그 친구에게는 없는 나만의 재능을 내세우며 자존심을 지키고 애써 강한 척했다. 지금 돌아보면 어린 학생들의 유치한 기 싸움일 뿐이었는데 그때는 왜 그리도 열등감을 느끼고 심각하게 받아들였을까. 어쩌면 당시의 내가 스스로를 남보다 못난 사람, 가치 없는 인간이라 여겼기 때문이 아닐까. 특출난 부분은 없지만 친구보다 뒤처지는 것은 싫으니, 나의 가치를 지켜내기 위한 나름의 몸부림이었을 것이다.

그렇게 미숙했던 우리가 어느덧 성인이 되고 각자의 길을 가게 되었다. 지금 우리는 각자 다른 분야에서 꿈을 이루기 위해 노력하는 상대방을 존중하고 존경한다. 성숙해진 덕분에 서로에게 열등감을 느끼지 않는다.

만약 당신이 친구에게 느끼는 열등감을 당장 해결할 수 없다면 친구와 잠시 거리를 두는 것도 나쁘지 않다. 하지만 잠깐의 방황으로 소중한 친구를 잃는 일이 발생할 수 있다는 사실을 유념하자. 열등감은 때로 삶에 적절한 자극을 주거나 동력이 되기도 하지만 과하면 부작용을 초래한다. 긴장이 누적된 상태에서 돌이킬 수 없는 실수를 저지르기도 하고, 자멸의 길을 걷기도 한다. 무수한 소설, 드라마, 영화 속 인물들이 열등감에 허우적대며 잘못된 선택을 일삼는다는 사실을 잘 알고 있을 것이다. 때문에 나를 위해서라도, 그리고 친구를 위해서라도 열등감을 극복하기 위해 노력을 기울여야 한다.

열등감을 극복하는 방법은 생각보다 간단하다. 나의 강점을 발견하고 인정하는 것이다. 나의 강점을 찾기 위해 두 가지 활동을 시도해볼 수 있다.

첫 번째는 그동안 본인이 해왔던 일들을 되짚어보는 것이다. 내가 익숙하게 해왔던 일 중에 사실은 나라서 할 수 있었던 일이 분명히 존재할 것이다. 그런 일을 되짚어보면서 스스로를 살펴보자. 두 번째로는 타인으로부터 칭찬을 받은 기억을 떠올려보는 것이다. 기억나지 않으면 주변에 직접 물어보기 바란다. 내가 보는 나와 타인이 보는 나 사이에는 분명히 차이가 있으니 타인의 관찰로 본인이 잘하는 일을 발견할지도 모른다. 이렇게 자신을 되돌아보고 가진 것에 집중하다 보면 더욱 건설적인 시간을 보낼 수 있으리라 확신한다.

충고가 필요한 순간과
그렇지 않은 순간

　내가 잘못된 길을 가고 있을 때, 혹은 나의 잘못이 명백할 때 그것을 지적하는 사람은 많지 않다. 괜히 말을 꺼냈다가 오해를 사서 미움받을 수도 있다고 여기거나 혹은 결국 남 일이라 생각하기 때문이다. 그러므로 눈치 보지 않고 아닌 건 아니라고 말해주는 사람이 있다면 무척 든든할 것이다. 단순히 옳은 말을 해주는 것이 충고가 아니다. 그 사람에 대한 관심과 애정, 진심으로 생각하는 마음이 없으면 그것은 충고라고 볼 수 없다.

　물론 누군가의 충고를 모두 따라야 하는 것은 아니다. 그 사람의 생각이 내 상황에 들어맞지 않을 수도 있다. 하지만 많은 어려움을 감수하고 용기를 내 말해주는 사람이라면 우선

은 성심성의껏 듣는 태도가 필요하다. 구약성경「잠언」13장 1절에는 "슬기로운 아들은 훈계를 달게 받지만 거만한 자는 꾸지람을 듣지 않는다"라는 구절이 있다. 인내를 가지고 듣는 것이 중요하다는 얘기다. 주변 사람의 말에 귀를 닫은 채 자신만이 옳다고 믿는 자세는 오래지 않아 화를 부를 것이다.

반대로 충고가 필요하지 않은 상황은 어떤 순간일까. 수십 번, 수백 번 고민한 끝에 가까운 사람에게 고민을 털어놓았는데 이런 식으로 대답이 돌아올 때가 있다.

"아무리 힘들어도 그렇게 푸념하는 거 아니야."

"너만 힘든 줄 알아? 다른 사람도 다 똑같이 힘들어."

"정신 똑바로 차리면 다 할 수 있는데 왜 못 하는 거야?"

언뜻 듣기엔 맞는 말 같다. 하지만 옳은 지적이라 하더라도 상대방을 모욕하는 방식으로 전해선 안 된다. 남의 삶의 무게를 지레짐작하고 일반화하는 태도는 위험하다. 상대가 고민을 털어놓았을 때, 공감과 위로가 필요해 보이면 우선 그의 심리 상태가 어떤지 물어봐주고 충분히 잘하고 있다는 응원의 한마디를 건네야 한다. 먼저 그 사람의 두려운 마음을 달래준 다음 시간이 흐른 후 그가 조언을 받아들일 만한 상태가 되었을 때 내 생각을 잘 정리해서 말해주는 편이 낫다. 내가 하고 싶은 말은 이야기를 다 들어주고 나서 꺼내도 늦지 않다.

친구가 힘들어하는 순간만큼은 묵묵히 들어주고 마음을 헤아려주면 좋겠다. 누군가의 고민을 두고 판사처럼 죄의 유무를 따지지 말자. 말하기보다는 경청, 비판보다는 격려, 어쭙잖은 충고보다는 진심 어린 위로가 그 사람에게는 힘이 될 테니까.

꼰대와 나이의
상관관계

"나 때는 말이야."

이른바 '라떼'라 불리는 이 표현이 요즘 '꼰대'의 대표적인 화법으로 자리 잡았다. '꼰대'란 권위적인 기성세대를 가리키는 단어지만 꼭 나이 든 사람에게만 해당되는 말은 아니다. 직장은 물론이고 대학교, 중고등학교에도 선후배 간의 서열이 존재한다. 사회의 기저에 소위 '똥 군기' 문화가 깔려 있기 때문이다. '라떼'를 찾는 선배들은 차림새나 언행을 단속하는 것에 그치지 않고 후배들의 사생활까지 간섭하려 든다. 후배들은 선배의 눈 밖에 나면 기합은 물론 실제로 폭행까지 당하기도 한다. 고려대학교 사회학과 윤인진 교수는 이러한 현상에 대해 다음과 같이 설명했다.

"오래전부터 지켜온 서열 문화, 소위 꼰대 문화를 젊은 세대가 별다른 대안 없이 자연스럽게 답습하기 시작했다."

물론 갑질이 반드시 선배에서 후배에게로 이어지는 것은 아니다. 선배가 후배를 존중하고 배려했어도 후배가 함부로 선을 넘거나 무례하게 구는 경우도 적지 않다. 선배는 자신이 겪은 부당함을 후배에게 대물림하지 않도록 노력해야 하고, 후배는 편하게 대해주는 선배를 '만만한 사람'으로 취급하지 않도록 주의해야 한다. 그래야 선후배 간 불필요한 감정 싸움이 사라지고 바람직한 관계 맺기가 가능해진다. 내가 아는 간호사 한 분은 이렇게 말했다.

"저는 후배들을 부당하게 대하지 말자 생각했어요. 그래서 제 일을 열심히 하면서 후배들을 많이 도와주려 노력했습니다. 위로는 선배를, 아래로는 후배를 챙기는 것이 힘들긴 했지만 결국 인정받았어요. 후배들과 잘 지냈고, 제가 트레이닝을 시킨 그 후배들이 자신의 후배들을 자상하게 훈련시키는 모습을 보고 뿌듯했답니다."

'내가 힘들었으니 너도 당해봐라'라는 심리보다는 '나를 힘들게 한 사람들과 똑같이 행동하지 않도록 노력해야지'라고 다짐하자. 물론 자상한 선배의 역할은 얼마든지 대물림해도 좋다.

우월감에 대한
착각

　나는 억대 연봉을 버는 유명인, 혹은 사회적으로 명예가 있는 사람들과의 친분을 지나치게 떠벌리는 사람을 이해하지 못한다. 자기 능력은 없으면서 대단한 사람들과 친한 것만으로 우월감을 내비치는 행위는 본인에게도 썩 이롭지 않다. 정말 능력 있는 사람은 유명한 사람과 친하다는 말을 굳이 꺼내지 않는다. 오히려 다른 사람을 치켜세웠으면 치켜세웠지 자신을 굳이 높이지는 않는다.

　특수한 상황이 아니라면, 남의 권위를 이용해 자신을 높이려 애쓰는 건 제삼자가 보기에도 좋은 모습이 아니다. 타인의 명예를 이용하려는 사람은 인간관계가 좁아진다. 주변 사람이 알아서 그를 떠나기 때문이다. 무엇보다 자신이 남들보다 월등하다는 착각은 결국 본인이 가진 것들을 모두 잃게 만든다. 아무리 자신에 대한 믿음을 강조하는 세상이라지만 정도를 넘어서지 않아야 한다. 자신에 대한 믿음 또한 타인과의 연결 안에서 생겨나는 마음이기 때문이다.

오해를 푸는 데도
골든타임이 존재한다

"불만이 있으면 말을 해! 말을 해야 알지."

상대방이 알 수 없는 이유로 마음을 닫아버렸을 때 흔히 건네는 말이다. 오해로 틀어진 관계를 회복하기 위해서는 반드시 대화가 필요하다. 그러나 그 대화에는 골든타임이 존재한다. 시간이 지날수록 인간의 기억은 왜곡되고 한번 상한 마음은 점점 더 곪아가기 때문이다. 대화는 문제 해결을 위한 첫걸음이지만, 그 첫걸음이 늦으면 역효과가 날 수 있다. 물론 빠른 시일 내에 대화를 나눴고, 원만히 해결했는데도 상대가 뒤에서 딴말을 한다면 그대로 두자. 그 상대는 원래 갈등을 즐기는 사람일 확률이 높다.

'오해'란 말 그대로 잘못 이해했다는 뜻이다. 즉 듣는 사람이 말하는 사람의 의도를 잘못 파악한 것이다. 사실 오해가 확신으로 굳어지기까지 그리 오랜 시간이 걸리지 않는다. 사람은 대부분 자신이 처음 이해한 것이 사실이라 믿으며 살아가기 때문이다. 오해를 풀 수 있는 골든타임을 놓쳤다면 그가 스스로 깨달을 때까지 기다리거나, 그냥 당신의 갈 길을 가길 바란다.

오해란 어떤 상황에서나 발생할 수 있으며, 크고 작은 일들이 오해의 발단이 된다. 당신의 전달 방식이 잘못됐을 수도 있고 분위기와 상황이 좋지 않았을 수도 있다. 혹은 상대방이 당신의 이야기에 제대로 귀를 기울이지 않아서일 수도 있고 오해할 만한 심리 상태였을 수도 있다. 이렇듯 오해란 여러 가지 이유로 발생하는 것이니, 오해받았다고 해서 너무 상심하지 않기 바란다. 어차피 내가 원하는 대로 상황을 완벽하게 통제하기에는 변수가 너무나 많다.

그렇지만 오해를 풀 수 있는 상황이라면 오해를 풀기 위해 가능한 한 노력하자. 그것이 상대에 대한 배려이며 관계에 대한 예의다. 그리고 결과적으로 나를 위한 일이다.

오늘의 만남이
마지막이라면

사람이 죽기 직전에 머릿속에 주마등처럼 스쳐 지나가는 장면은 일상의 모습들이라고 한다. 이 사실은 특별할 것 없고 평범한 그 시간들이 실은 가장 소중한 순간이었음을 암시하는 것일지도 모른다.

나이가 들수록 만남만큼이나 이별을 자주 경험한다. 갑작스러운 부고 소식에 커다란 상실감을 느끼기도 하고, 소중한 이를 잃은 사람을 달래주면서 함께 힘든 시간을 견디기도 한다. 그렇다고 항상 이별에 대비하며 살아가기에는 내 마음이 윤택하지 않은 것도 사실이다.

아버지의 장례를 치르고 관 앞에 선 아들은 비통함을 견디지 못해 쓰러졌지만, 결국 다시 일어나 살아가고 있다. 두

번 다시 생전의 모습을 볼 수 없고 머릿속으로만 떠올려야 하는 현실을 받아들이기까지 꽤 오랜 시간이 걸렸다. 부친의 마지막을 지켜본 아들은 마음속 깊이 한 가지 다짐을 새겼다. '오늘의 만남이 마지막일 수 있으니 최선을 다하자.' 단지 이것뿐. 어떻게 한결같이 최선을 다할 수 있을까 싶지만, 당연하게 여기던 일상의 순간이 마지막이 되어버린 경우가 많았다. 그러므로 곁에 있는 사람의 소중함을 잊지 않고 함께할 수 있음에 감사할 줄 아는 이가 되어야겠다고 결심했다.

그 사람의 전부를 안다고
생각하지 말자

언제부턴가 사람을 너무 믿지 않게 됐다. 딱 절반, 거기서 한 발짝 내디딘 만큼만 믿고 적당히 거리 두며 상처받을 준비를 한다. 그러나 이렇게 비장한 각오를 다져야만 나의 중심을 잡을 수 있는 인간관계라면 한 번쯤 되돌아볼 필요가 있다. 그가 정말 당신을 편안하게 해주는 벗인가.

긴장을 내려놓지 못하는 관계가 당신의 정신 건강에 이롭다고 말하기는 어렵다. 그 사람이 문제라는 말이 아니다. 다만 그가 정말 좋은 사람이라고 하더라도 우리는 관계에서 일어나는 모든 갈등을 통제할 수 없다. 경계해야 하는 상대에게는 긴장을 늦추지 말고, 피로함을 느낄 때는 있는 그대로의 모습을 보여주어도 괜찮은 사람 곁에 머물자. 함께 있을 때 걱정과 근심이 덜어지는 사람과 잠시 시간을 나누는 것만으로도 마음이 한결 가벼워질 것이다. 인간은 혼자서 모든 짐을 안고 극복할 수 있을 만큼 강하지 않다. 그런 사람이 있다고 해도 드물다. 나도 마찬가지다.

누군가와 이제 막 가까워지고 있다면 상대가 보여주는 모습을 믿되 그것이 전부라고 생각하지는 말자. 당장 눈앞에 벌어지는 셀 수 없이 많은 상황에서 어떤 행동을 취할지 모르는 게 사람이니까. 적당히 거리를 두고 알아가는 시간을 충분히 가져보자. 평생을 함께하는 부모와 자식도 서로에 대해 모르는 경우가 허다한데 진심을 나누지 않은 관계는 오죽하겠는가.

'그럴 수도 있지'라고
받아들일 것

"그럴 수도 있지."

내가 자주 하는 말이다. 이 말은 비판이 필요한 순간도 그냥 넘어가게 만드는 핑곗거리가 될 수도 있지만, 만약 당신이 타인에게 둔감해지고 싶다면 분명 도움이 될 것이다. 우리가 살아가는 사회에서는 하루에도 몇십 건의 사건이 발생한다. 그중에서 나와 관련 있는 일은 얼마 되지 않는다. 모든 사건의 원인을 따지고 들다 보면 금방 지친다. 날이 선 상태가 지속될수록 정신적인 피로감이 쌓여 일상생활에도 좋지 않은 영향을 미친다. 때로는 신경을 끄고 내려놓는 것이 마음의 평화를 되찾는 길이다.

머리를 쉬게 하는 법은 아무것도 하지 않거나 무언가에

몰입하는 것이지만 항상 가능하진 않다. 머릿속에 떠돌아다니는 고민들을 의식적으로 멈출 수 있어야 한다. 그 방법은 간단하다. 무언가를 이해할 수 있는 범위를 넓히면 된다. 가령 다음과 같은 생각을 가지는 것이다.

> 뜻밖에 아주 야비하고 어이없는 일을 당하더라도, 그것 때문에 괴로워하거나 짜증 내지 마라. 그냥 지식이 하나 늘었다고 생각하라. 인간의 성격을 공부해가던 중에 고려해야 할 요소 하나가 새로 나타난 것뿐이다. 우연히 아주 특이한 광물 표본을 손에 넣은 광물학자와 같은 태도를 취하라.
>
> ─ 아르투어 쇼펜하우어

이 말은 사람을 대하면서, 사람과 관계를 맺으면서 당신이 미처 몰랐던 사실을 새롭게 알게 되었다고 여기라는 뜻이다. 물론 한 번으로 끝나지 않는다. 앞으로도 당신은 사람에 대해 새로운 무언가를 알아갈 것이다. 친하든 친하지 않든 당신이 그 사람을 모른다는 사실에는 변함이 없다. 흔히 부모가 되고 나서야 그 무게를 깨닫는다고 하지만, 막상 부모가 되어도 내 부모를 완전히 이해할 수 없지 않은가. 사람의 내면은 이처럼 복잡해 알고자 하면 끝이 없다.

적당한 거리감이
필요한 이유

인간관계에서 '거리'란 침범하거나 간섭할 수 없는 영역을 일컫는다. 보통 친하지 않거나 서먹한 사이일 때 거리가 있다고 느끼지만, 가까운 관계에서도 거리 두기는 반드시 필요하다. 적절한 거리, 간격이 있어야 우리는 상처받지 않는다. 거리가 있는데도 상처받는다면 그것은 아직 홀로 서지 못했다는 증거다.

사람이 사람에게 가지는 감정은 매우 섬세하고 복잡하다. 애증이 그 대표적인 감정이다. 사랑하는 마음과 미워하는 마음이 혼재된 이 감정은 가족 안에서 흔히 볼 수 있다. 나는 떨어지기 힘든 관계일수록 거리를 확보해야 한다고 생각한다. 물리적으로 멀어지면 상대를 다른 각도로 바라보게 되기도 하고, 상대에게 품었던 증오나 분노, 원망과 같은 감정들이 자연스레 수그러지기도 한다. 나는 성인이 되자마자 어머니에게서 독립했다. 어머니와 떨어져 지내니 그동안 품었던 분노와 원망이 어느 정도 해소되었고, 심지어는 그토록 미워했던 어머니에게 잘해야겠다는 생각까지 들었다. 만약 상대와 너무 가까워서 고민이라면 잠시 떨어져 생각을 정리한 후 다시 만나는 것은 어떨까. 아마 감회가 새로울 것이다.

하지만 살다 보면 물리적으로 거리를 두기 힘든 경우도 있다. 그럴 때 필요한 것 역시 거리 두기다. 그 방법 중 하나로 지나치게 사적인 이야기를 하지 않는 것이 있다. 일상에서 형식적으로 안부를 묻고 답하는 건 괜찮지만, 괜히 사이가 깊어질 만한 주제나 고민거리는 굳이 꺼내지 말자. 호감이 있고 친해지고 싶은 사람이 아니라면 말을 아끼는 것이 현명한 거리두기가 될 수 있다.

감정 기복을 줄이는
다섯 가지 방법

1. 감정을 표출할 수 있는 활동을 하자.

사람이 늘 기분 좋은 상태를 유지할 순 없다. 나를 힘들게 하는 아픔, 슬픔, 우울, 불안을 해소하는 방법을 알아야 한다. 가볍게 시도할 수 있는 방법으로 취미 생활을 즐겨보자. 운동, 그림, 독서, 등산, 게임 등 나를 발산할 수 있는 활동이라면 무엇이든 좋다. 취미 생활을 통해 활력을 얻으면 언제 우울했냐는 듯 마음이 밝아지는 것을 느낄 수 있다.

2. 의식적으로 휴식을 취하자.

무엇이든 잘하고 싶은 마음은 알겠지만, 그 마음이 클수록 일이 잘 풀리지 않을 때 느끼는 자괴감도 큰 법이다. 원래 사람의 일이란 계획대로 진행되는 법이 없으니, 다음 차례를 기다린다는 마음으로 쉴 때는 쉬도록 하자. 원하는 것을 얻고자 할 때 운은 큰 요소로 작용한다. 그리고 그것은 노력만으로 얻을 수 있는 게 아니다. 상황을 지켜보면서 나아가야 할 때와 멈춰야 할 때를 구분할 줄 아는 사람이 되자. 그런 침착함을 지닌다면 일시적인 기분에 휘둘리는 일이 줄어들 것이다.

3. 감정은 날씨와 같다는 사실을 인정하자.

감정 기복이 심하다고 자책하거나 겁먹을 필요는 없다. 사람은 누구나 하루에도 몇 번씩 다양한 감정의 변화를 겪는다. 이유 없이 울적한 날이 있다면 이유 없이 기분 좋은 날도 있는 법. 우울하다고 애써 힘내지 않아도 되고, 주변 사람을 신경 쓰느라 억지로 웃지 않아도 괜찮다.

4. 자신을 표현하면서 살자.

뜨거운 물에서 얼마나 버틸 수 있는지 실험하듯 자신의 감정을 억누른 채 살아가는 사람이 꽤 많다. 그들은 약한 마음을 털어놓으면 무너질까 봐, 상대에게 동정을 받을까 봐 더욱 참고 견딘다. 하지만 표현하지 않은 감정은 결코 잠들지 않는다. 가끔 참고 참다가 한 번에 감정을 터트리는 사람들이 있는데, 그건 그 사람이 예민해서가 아니라 아무리 시간이 지나도 감정이 사라지지 않기 때문이다. 꾹꾹 눌러놓은 감정은 어떤 방식으로든 다시 나타나기 마련이니 평소에 표현하면서 지내는 것이 정신 건강에도 이롭다.

5. 나를 진정시킬 수 있는 사람을 곁에 두자.

예능 프로그램 〈효리네 민박〉에 인상 깊은 장면이 나온다. 이효리는 아이유에게 "네가 집착하는 게 뭐야?"라고 물어봤다. 그 물음에 아이유는 고민하다가 "저는 평정심에 집착하는 거 같아요"라고 대답한 후 말을 이었다. "제가 들떴다는 느낌이 들면 기분이 안 좋거든요. 통제력을 잃었다는 생각 때문에…" 그녀는 감정을 절제하는 것이 습관이 되어 있었다. 반면 이효리는 "나는 덜 웃고, 덜 울고, 감정 기복을 줄이고 싶다"라고 말했다. 그러고는 아이유에게 말한다. "그럼 우리는 서로 반대 성향을 가지고 있으니까 같이 있으면 시너지 효과가 나겠다!" 성향이 비슷한 사람끼리의 관계는 안정적일지 몰라도 큰 시너지 효과는 기대하기 힘들다. 반면에 반대의 성향을 지닌 사람끼리는 서로 부족한 점을 채워줄 수 있다. 나 혼자 감정을 다스리기 어렵다면, 마음을 가라앉혀주는 사람을 곁에 두는 방법도 추천한다.

누가 뭐라 해도
당신은 소중하다

스스로를 가난하고 보잘것없다고 여기며 살아온 한 학생이 어느 날 실의에 빠져 선생님에게 물었다.

"전 아무것도 원하는 게 없어요. 저를 필요로 하는 사람도 없죠. 이런 저에게 삶이 무슨 의미가 있을까요?"

선생님은 미소를 지으며 대답했다.

"낙담할 것 없단다. 아무도 널 필요로 하지 않는다니, 절대 그렇지 않아."

선생님은 학생에게 소나무가 그려진 그림을 건네주었다.

"내일 아침 시장에 가서 이 그림을 팔아보렴. 그러나 누가 얼마를 준다고 해도 절대 팔아서는 안 된다."

학생은 의아해하며 그림을 받아들고는 다음 날 시장 한

구석에서 소나무 그림을 판다고 소리쳤다. 그러자 그림을 사겠다는 사람들이 나타났다. 그러나 아무리 높은 가격을 불러도 학생이 그림을 내주지 않자 모두가 이렇게 말했다.

"저 그림에는 뭔가가 있어."

"분명히 중요한 메시지가 담겨 있을 거야."

그림의 가격은 점점 더 올라갔다. 다음 날 학생은 선생님에게 시장에서 있었던 일에 대해 말했다. 그러자 선생님은 웃으며 말했다.

"내일은 그 그림을 도시에 나가서 팔아보렴."

학생은 선생님의 말대로 번화한 도시에 그림을 가져갔다. 그림의 가격은 전날에 비해 스무 배나 뛰었다. 소문이 퍼지자 사람들은 그것을 '작품'이라고 부르기 시작했다. 다른 작품과 함께 전시회를 열어보지 않겠느냐고 제안하는 사람도 나타났다. 학생이 도시에서 벌어진 일을 선생님에게 전하자 선생님은 흐뭇한 미소를 띠며 말했다.

"사람의 가치는 그 그림처럼 어떤 환경에 처하느냐에 따라 달라진단다. 개성 있는 그림일수록 사람마다 다르게 값어치를 측정하지. 설령 하찮은 그림일지라도 누가 바라보느냐에 따라 그 가치가 달라진다는 거야. 네가 이 그림과 같다는 생각이 들지 않니? 무엇보다 중요한 사실은, 네가 스스로를 소중히 대할 때 비로소 네 인생의 가치도 올라간다는 거야. 그

것이 의미 있는 삶을 위한 첫걸음이 되겠지."

　사람의 가치를 무엇으로 증명하는가는 오랫동안 이어진 논쟁거리다. 스스로의 가치를 증명한 이가 주목받는 세상에서 누군가는 그런 사람을 동경하기도 하고 열등감을 느끼기도 하며 심지어 자신을 깎아내리기도 한다. 하지만 꼭 특별한 존재가 되어야만 가치 있는 걸까. 오히려 내가 나를 어떻게 대하고 어떤 사람으로 정의 내리는지가 나의 가치를 가늠하는 출발점이 아닐까. 당신이 스스로 무엇을 소중히 여기고 어떤 것에 가치를 느끼는지 알고 있다면, 그것을 추구하며 살아가면 된다.

2

자존감에 대한
엉터리 각본 다시 쓰기

주변의 평가에
휘둘리지 말 것

내가 월 1천만 원을 벌겠다고 마음먹었을 때, 주변 사람 어느 누구에게도 그 결심을 말하지 않았다. 그들이 나의 현실을 평가하며 비웃을 거라 생각했기 때문이다. 하지만 나는 그렇게 마음먹은 지 1, 2년 사이에 원하는 목표를 달성했다. 내가 가진 특성 중 하나는 타인의 말을 주관적인 의견일 뿐이라 여기고 휘둘리지 않는다는 점이다.

고등학교 시절에 어울리던 친구들은 '우리 학교는 소문이 안 좋다', '이런 것들을 배워서 뭐하냐'라는 생각을 가지고 수업 시간에 주로 잠을 자는 등 학업을 등한시했다. 내가 다니던 고등학교는 공부에 몰두하는 학생들보다 학업을 일찌감치 포기한 친구들이 훨씬 더 많았기 때문에, 학생들이 자신의 환경을 부정적으로 인식했다. 그래서 많은 학생들이 자기 인생은 글러먹었다고 판단했다. 그런 분위기에서 혼자 자기계발 서적을 읽는 내가, 친구들의 눈에는 제정신이 아닌 것처럼 보였을 것이다. 대학교 신입생 시절에도 그랬다. 비록 학교는 중간에 그만두었지만, 한창 놀기 바쁜 나이에 혼자 도서관에 가서 책을 읽고 글을 쓰는 나를 두고 남들은 그저 고리타분한 동기쯤으로 생각했을 것이다.

편의점 아르바이트를 하며 글을 쓰던 당시, 나를 낮잡아 보는 시선에 기죽어 스스로 한계를 정해놓고 내 글을 세상에 내보내지 않았더라면 오늘의 나는 없었을 것이다. 내가 하는 일, 꿈, 목표에 대한 주변 사람의 평가와 불가능하다는 생각은 그저 타인의 주관적인 의견에 불과하다. 간과하지 말아야 할 것은, 사람은 아는 만큼만 본다는 점이다. 당신이 머릿속에 그려놓은 그림을 타인이 완벽하게 파악하는 건 거의 불가능하다. 그러니 타인의 말을 흘려들을 줄도 알아야 한다.

적당히
사는 법

몇 년 전부터 여유 있는 삶에 대한 사람들의 관심이 높아지고 있다. 여유 있는 삶이란 일과 생활이 적절하게 균형을 이루는 것을 의미하며, 지나치게 열심히 하지 않는 태도까지 포함한다. 이러한 삶의 방식을 받아들이는 정도는 사람마다 다르겠지만, 완벽주의 성향이 심하거나 강박관념이 있는 사람이라면 '적당히'라는 단어를 늘 염두에 두고 사는 것도 나쁘지 않겠다는 생각이 든다. 이때 '적당히'란 자포자기하며 대충 사는 태도를 말하는 것이 아니다. 내가 생각하는 '적당히'란 때를 구분할 줄 아는 것이다. 나아가야 할 때 나아가고 멈춰야 할 때 멈출 수 있도록 상황마다 필요한 제스처를 취하는 종합적인 판단 능력을 갖추는 게 '적당히'의 정의라고 본다.

연애를 못하는 사람의 특징 중 하나가 눈치가 없다는 점인데, 이는 연애에 국한된 이야기는 아니다. 눈치 없는 사람은 적당히 하는 법을 모른다. 최선을 다해 사랑하는 일, 열정을 쏟는 대상에 온 마음을 다하는 일을 제외하면 때로는 멈춰서서 주변의 풍경을 둘러보는 여유를 갖도록 하자. 무언가에 집착할 필요 없다. 행복한 사람은 내려놓을 줄 아는 사람이며, 바로 그렇기 때문에 자신을 괴롭히는 일도 없는 법이니까.

갈등을
정리하는 시간

우리는 혼자 있을 때 많은 생각을 한다. 연인과 다퉜던 일부터 친구와 감정이 상한 순간, 혹은 동료와 벌인 신경전까지. 개인 간의 갈등과 사회에서 겪는 구조적인 갈등, 그 밖의 다양한 사건과 문제로 하루에도 수십 번 고민한다. 이때 생각이 극단으로 치닫거나 편협한 사고를 갖지 않도록 주의를 기울여야 한다. 예컨대 사회 구조나 환경의 문제로 풀리지 않은 일을 자신의 미숙함 탓으로 돌릴 필요는 없다. 반대로 나의 잘못에 대해 합리적인 비판을 받았음에도 남을 탓하면서 책임을 회피한다면 그 또한 스스로 성숙해지는 길을 막는 일이 될 것이다.

혼자 있는 시간은 나를 되돌아보는 시간이다. 옳고 그름을 판단하는 시간이기보다는 복잡한 생각들을 정리하는 시간이다. 타인과의 관계는 중요하지만, '나'와의 관계는 그보다 더 중요하다. 고독을 두려워하지 않았으면 한다. 누구에게나 홀로 있는 시간이 필요하다. 혼자만의 시간은 그저 외로운 순간이 아니다. 자신을 편하게 대해주고 위로해주는 시간이자 진취적인 사고를 극대화할 기회다. 그 과정 중에 자연스레 자존감이 높아진다.

잃어버린
자존감 되찾기

　가정, 학교, 직장 그 어느 곳에서도 자존감의 올바른 개념을 가르쳐주지 않는다. 우리가 처한 현실, 그 복잡한 환경에서 자존감을 키우기가 어디 쉬운가. 원하든 원치 않든 모두가 직접 부딪히고 깨지면서 자존감을 찾아간다. 만남, 사랑, 이별, 그 밖의 모든 상황에서 상처받는 동시에 성장한다. 그 시행착오 끝에 결국 내가 가치 있는 존재라는 사실을 받아들이고, 보다 나은 내가 되기 위해서 노력한다. 그러면서 우리는 한 가지 깨달음을 얻는다. 그동안 스스로 내린 평가는 타인의 기준이나 의견을 반영한 결과라는 사실을.

　자신의 장점이 무엇인지 이것저것 따져가며 스스로를 채찍질할 필요는 없다. 자신에 대한 긍정적인 생각을 떠오르는 대로 메모장에 나열해보자. 아주 사소한 것이라도 좋다. 타인에게 칭찬받은 기억, 쑥스러워서 남몰래 베푼 선행, 이 정도는 누구나 할 수 있는 일이라며 깎아내린 자신의 능력을 모두 적어보라. 근거 없는 자신감은 객기가 되지만, 사실이 근거가 되어준다면 적어도 타인 때문에 나의 자존감이 무너지는 일은 없을 것이다.

내 서툰 감정을
마주하는 법

우리는 어릴 적 교과서를 통해 국어나 수학 등의 학문을 배웠다. 그리고 마치 그런 과목의 일부처럼 친구들과 사이좋게 지내야 한다는 명제를 어른들에게 배웠다. 하지만 인간관계에 갈등이 있을 때 어떻게 해결해야 하는지, 분노와 슬픔 같은 감정 앞에서 어떻게 스스로를 다독여야 하는지는 배우지 않았다. 심리학자 일자 샌드는 『서툰 감정』에서 질투가 자신의 결핍과 억압된 갈망을 탐지하는 감정이 될 수 있다고 말했다. 그렇지만 우리는 일상에서 이런 류의 감정에 대한 해석을 쉽게 접할 수 없으며, 직접 책을 찾아보거나 강연을 들어야 알 수 있다.

우리가 느끼는 감정이 완벽하지 않은 것은 당연하다. 아마 당신은 그 서툰 감정을 삼키며 남몰래 눈물을 흘렸을 것이다. 그러므로 일부러 시간을 내 주체할 수 없는 감정을 해소해주는 편이 좋다. 노트를 당신의 감정 쓰레기통 삼아 그 종이 위에 속마음을 쏟아내거나, 당신의 이야기를 충분히 들어줄 법한 사람을 찾아가 이야기하라. 그렇게 하나씩 내려놓으면 된다. 쌓인 감정을 푸는 것이 목적이니 어떤 방법이든 상관없다.

그러고 나면 감정을 객관적으로 바라보고 다스리기 위해 노력해야 한다. 일자 샌드는 분노하고, 기뻐하고, 슬퍼하는 마음은 내가 소유한 수많은 감정 중 하나일 뿐이며, 그것들을 나 자체라고 말할 수 없다고 주장했다. 감정은 나와 분리된 것이라는 이야기다. 나의 마음이 어떤지 잘 모르겠다면 부정적인 감정이 치솟을 때 메모장에 현재 상태를 세세히 적어보자. 걱정, 의심, 미움, 질투, 짜증, 불안 등 내가 느끼는 감정을 한눈에 보이도록 정리하는 것만으로 기분이 풀리는 경험을 할 수 있다. 그러면 내 감정을 조금은 객관적으로 파악할 수 있다.

잘 지내다가도
감정이 북받칠 때

평소에 잘 지내다가도 문득 이런 생각이 들 때가 있다. '지금 느끼는 행복이 언젠가 사라지는 것은 아닐까', '나는 결국, 언젠가 사라질 것들을 애써 붙잡고 있는 것은 아닐까.' 삶에 지친 내게 희망이라고는 언젠가 고통이 끝난다는 사실뿐이었다. 그래서 힘든 와중에도 먼 훗날 행복해질 순간만 그리며 버텨왔는지도 모른다. '제발, 지금 나의 현실이 어떻게든 바뀌었으면 좋겠다'라고 간절히 바라며 현실에서 도피해왔는지도 모른다. 사랑과 우정, 그리고 내가 시도하는 일들에 기대가 클수록 되돌아오는 실망감도 너무나 컸으니까. 희망이 다 무슨 소용일까 싶어 나는 자주 비관적인 사람이 되곤 했다.

그럼에도 나는 쳇바퀴 돌아가듯 흘러가는 삶에 뛰어들기

로 다짐했다. 사는 동안 단 한 순간일지라도 분명 행복을 맛보았으니까. 어느 곳에서든 행복을 찾긴 어렵지만, 그 행복이 생각보다 가까운 곳에 있다는 사실을 알고 있으니까. 과거의 기억에 얽매여서 나를 속박하지 않겠다. 현재의 내 삶을 불확실한 미래에 담보로 내놓지 않을 것이다.

자존감이 낮은 사람과
높은 사람의 특징

자존감이 낮은 사람과 높은 사람은 각각 어떤 특징이 있을까. 사실 그런 건 없다. 나는 사람을 학술 용어 분류하듯 나눌 필요가 없다고 생각한다. 인터넷에 돌아다니는 '자존감 높은 사람의 일곱 가지 특징' 같은 글들은 너무나 추상적이다. 전달하고자 하는 메시지가 명확하지 않으면 그만큼 해석이 다양해 잘못 받아들이기 쉽다. 그리고 잘못된 정보의 틀 안에 나를 가두게 된다. 이는 자신을 왜곡하여 인식하는 계기가 된다. 차라리 다음과 같은 간단한 테스트를 권하겠다.

"당신은 쓸모없는 사람이야."

이런 말을 들었을 때 기분이 어떤가? 조금이라도 기분이 상한다면, 그것은 당신이 스스로를 쓸모없는 사람이라고 생각하지 않는다는 증거다. 일말의 믿음일지라도 당신 스스로 잘하고 있다는 생각이 당신에게 존재하기 때문이다. 매일 아침 힘겹게 일어나 출근하는 직장인과 밤늦게까지 공부하는 학생, 공휴일에도 일하는 생산직 종사자, 승무원, 혹은 편의점 아르바이트생까지 모두가 자신의 위치에서 제 역할을 하는 사람들이다. 등록금을 마련하기 위해 아르바이트하는 대학생이 직장인을 부러워할 필요는 없다. 반대로 직장인은 마음만 먹으면 언제든지 여행을 떠날 수 있는 학생의 신분을 부러워하기도 하니까 말이다.

인생이라는 마라톤을 달리면서 다른 사람의 코스를 자꾸 쳐다보면 자신의 코스에 만족하지 못하게 된다. 어차피 자신의 길을 가다 보면 남들의 코스와 멀어지기 마련이다. 나는 내 앞에 놓인 코스를 완주할 생각만 하면 된다. 중간에 쉬어도 되고, 뛰어가도 되고, 천천히 걸어가도 된다. 그릇된 정보의 늪에 빠져 누군가가 정해놓은 기준에 맞추는 짓은 내가 내 발목을 붙잡는 행위일 뿐이다.

'힘내'라는 말에
반응하지 않아도 된다

내가 힘들고 지쳤을 때, 주변 사람들은 종종 나를 격려해주기 위해 이렇게 말했다.

"거의 다 왔어! 조금만 더 힘내자!"

"원래 젊을 때는 사서 고생하는 거야."

아마 그들은 달릴 힘이 더 이상 없는 사람이라도 물을 마시면 더 달릴 수 있다는 긍정적인 기대감을 품고 그런 말을 건넸을 것이다.

물론, 정해진 목적지가 있는 상황이라면 조금만 더 달리라는 말이 큰 도움이 될 수 있다. 하지만 우리의 현실은 매번 명확한 목적지가 있지 않으며, 동화처럼 조금 더 노력한다고 행복한 결말에 다다르는 것도 아니다. 그러니 사람들이 하는 말에 반응하지 않아도 된다. 조언을 건네는 것은 그 사람의 자유지만, 그 말에 따를지 말지 결정하는 것은 내 자유다.

의미 있는 시간을
만들기 위해

　　누군가의 한 시간은 최저시급만큼의 값어치인 반면 다른 누군가의 한 시간은 몇억의 값어치를 지닌다. 하지만 그런 경제적인 논리와 상관없이 내가 어디서 무슨 일을 하든 하루, 한 달, 1년은 누구에게나 공평하게 주어진다. 그렇기에 내게 주어진 시간을 소중히 여길 줄 알아야 한다.

　　어떤 이는 당신의 불안을 달래주기 위해 대충 살아도 된다거나 최선을 다하지 않아도 괜찮다고 말할지 모른다. 하지만 평생 휴식만 취하며 살 생각이 아니라면 그 시간을 무의미하게 보내지 않았으면 한다. 단순한 오락거리라도 나에게 즐거움을 준다면 걱정하지 말고 충실하게 즐기자. 소중한 추억을 쌓을 생각으로 작정하고 놀자. 무의미하다는 건 이도 저도 아닌 어중간한 상태를 뜻한다. 만약 오늘 하루가 아무것도 하지 않은 날처럼 느껴진다면 하루가 저물기 전에 동네를 한 바퀴 걷거나 운동을 하거나 보고 싶은 책을 펼치거나 친구에게 안부 전화라도 걸어보자. 내 시간이 돈으로 환산되지 않더라도 어떻게 쓰여야 의미 있을지 한 번쯤 고민해보면 도움이 될 것이다.

시간은 물처럼 마르지 않을 것 같지만 결국 흘러간다. 이 세상에 무한한 것이 없다는 사실을 안다면 이 말이 무슨 뜻인지도 알 것이다. 우리에게 주어진 유한한 시간이 모여 삶의 형태가 비로소 완성되는 순간, 후회가 아닌 만족을 맛보고 싶다면 신경 써서 나만의 인생 퍼즐을 맞춰가야 한다.

괜찮다는 말에
숨은 속내

나는 노래를 들을 때 멜로디나 음색을 감상하는 것도 좋아하지만 가사를 특별히 눈여겨보는 편이다. 특히 가수 이하이의 '한숨'이라는 노래의 가사가 인상 깊었다. 나의 마음에 와닿은 '한숨'의 가사 일부를 소개한다.

> 누군가의 한숨, 그 무거운 숨을
> 내가 어떻게 헤아릴 수가 있을까요
> 당신의 한숨, 그 깊일 이해할 순 없겠지만
> 괜찮아요, 내가 인아 줄게요

이 노래의 뮤직비디오에 등장하는 이들은 모두 우리 주

변에서 볼 법한 평범한 사람들이다. 그들은 모두 누군가의 귀한 자식이거나 혹은 가장일 것이다. 그들은 자신의 아픔을 숨기기 위해 가면을 쓰고 가까운 이들에게 괜찮다고 말해왔다. 실제로는 괜찮지 않으면서, 아픔과 슬픔이 목구멍까지 차오르면서 속으로 삭였다. 슬픔을 입 밖으로 꺼내본 적이 없으니 그들의 마음을 진심으로 이해하는 사람도 없을 것이다. 그들은 "괜찮아"라는 말이 습관이 되어버렸기 때문에 혼자 있을 때나마 한숨을 내쉬며 괜찮지 않음을 표현하는 것일지도 모른다. 그렇지만 이미 그들의 속마음은 까맣게 타들어간 지 오래다.

나는 '힘내'라는 말과 '괜찮아?'라는 말을 잘 쓰지 않는다. 상대가 먼저 말해줄 때까지 기다리고, 말을 꺼내면 들어주고, 말하지 않으면 묻고 싶어도 참는다. 상대는 엉망이 된 자신의 마음속 현장을 남에게 보여주기 싫어서 말하지 않는 것인지도 모른다. 힘드냐고 묻는 대신 '나는 언제든지 당신을 안아줄 수 있어'라는 제스처를 취한다. 이는 상대방이 그어놓은 선을 넘어가지 않으면서 언제든 이쪽으로 와서 쉬어도 괜찮다는 신호를 보내는 것이기도 하다.

설령 상대가 말을 꺼내더라도 섣부른 판단과 충고는 금지다. '한국말은 끝까지 들어야 한다'라는 말도 있지 않던가. 그가 모든 말을 마치기 전에 그를 판단해선 안 된다. 우선은 차분히 기다려주어야 한다.

상대방이 진심을 꺼내기까지 내가 할 수 있는 일은 공감과 위로, 그리고 지친 그에게 건네는 한마디 안부 인사뿐이다.

"무슨 일 있어요?"

후회 없이
선택하라

인생은 B(Birth)와 D(Death) 사이의 C(Choice)이다.

– 장폴 사르트르

삶은 태어나서 죽을 때까지 선택의 연속이다. 어떤 철학을 가지고 어떻게 살아갈 것인가를 선택해야 하며, 그 삶을 위해 어떤 공부를 하고 무슨 직업을 가질 것인지를 선택해야 한다. 어떤 사람과 연애하고 누구와 친구가 될 것이며 어떤 취미를 가질 것인가. 이 모든 것들을 직접 고민하고 결정할 줄 알아야 한다.

시키는 대로 살고, 타인이 바라는 대로 삶을 꾸려간 사람에게 남는 것은 후회와 원망뿐이다. 수동적인 사람들은 결과를 책임지는 상황까지는 각오하지 않기 때문이다. 능동적으로 선택하는 것이 당장은 힘겨울지라도 결과적으론 스스로를 위하는 길이다. 내 삶에서 벌어지는 모든 일을 스스로 결정하면 적어도 후회는 남지 않을 수 있다. 간절함은 능동성의 차이를 만들어낸다. 남에게 조금 이기적으로 보이더라도 나의 인생을 살고 싶다면 그 정도의 용기는 낼 줄 알아야 한다.

하루에 한 번 이상은
긍정적인 생각을 하자

오랜만에 고등학교 동창을 만났다. 월 100만 원을 근근이 벌던 그는 반년 만에 월 2천만 원을 버는 사업가가 되어 있었다. 어떻게 그런 일이 가능했냐고 묻자 그는 큰돈을 벌기까지 실제로 걸린 기간은 10년이라고 대답했다. 부모님의 강요로 원치 않는 길을 걸어야 했던 시간, 사업 준비를 위해 공부한 시간, 돈을 모은 기간, 그 밖의 방황했던 날들을 포함하면 그 정도의 세월이 걸렸다는 이야기였다. 그는 목표 매출을 달성한 것은 시작에 불과하고 앞으로가 본 무대라며 자신감 넘치는 태도로 말했다.

친구의 말을 유심히 들어보니 목표를 이루는 과정이 무척 생생하고 구체적이었다. 친구는 내가 궁금해할 틈도 없이 자신이 꿈을 이룬 과정을 영화의 한 장면처럼 묘사해주었다. 이 야기를 마친 그는 자신이 나중에 자서전을 쓰게 되면 도와달라고 부탁했는데, 나는 도움을 받지 않아도 될 것 같다고 대답했다. 지금 네가 하는 이야기를 글로 쓰기만 하면 된다고 덧붙이면서 말이다.

친구의 이야기를 들으면서 느낀 성공하는 사람의 특징은 자신이 가는 방향을 알고 지금 어느 단계에 와 있는지 스스로 살핀다는 점이었다. 그 친구는 사무실로 출근하기 전 동종업계 정점을 찍은 경쟁사에 들러 이곳을 뛰어넘을 거라는 다짐을 매일 반복했다. 경쟁사의 규모에 비하면 자신의 사업은 아직 걸음마 수준이지만 1차 목표는 이루었다면서 기뻐하는 친구에게 나도 자극을 받았다. 오랫동안 그려온 꿈을 이루기 위해서는 생각만 할 게 아니라 구체적인 대안과 실행, 피드백을 반복해야 한다는 사실을 다시금 깨달았다.

사람은 하루에 약 7만 가지 이상의 생각을 한다. 그중 부정적인 생각의 빈도가 긍정적인 생각보다 많아 하루에도 수십 번 좋지 않은 생각에 휩쓸린다. 사람의 뇌는 긍정적인 요소보다 부정적인 요소에 더 반응하도록 설계되었기 때문이다. 원시시대부터 생존의 위협에 대비하며 살아왔으니 오죽하겠는가. 현대인이 잡생각에 휘둘리고 영양가 없는 사고를 지속하는 것 역시 이 때문일지도 모른다.

　　이러한 뇌의 패턴에서 벗어나 스스로 감정의 주체가 되기 위해서는 의식적으로 좋은 생각을 해야 한다. 가장 쉬운 방법은 나에게 와닿는 문장을 외우거나 필사하는 것이다. 사업가인 친구가 결과물을 내놓을 수 있었던 이유는 업계 정점에 있는 회사를 뛰어넘겠다는 다짐이 머릿속에 깊게 뿌리내려서가 아닐까. 주변에서 실패할 거라는 신호를 보내도 그 친구의 뇌 속에는 목표를 이루겠다는 생각밖에 존재하지 않았으니 말이다. 목표만을 생각하며 하루를 보냈기 때문에 꿈을 이룰 수 있었던 것이다.

나이 들어가며 깨달은
여덟 가지 사실

1. 친구가 많다고 좋은 건 아니다.

좋을 때는 넓은 범위의 친구들이 함께하겠지만, 나쁠 때는 좁은 범위의 친구만이 함께할 테니까. 기쁨, 슬픔, 성공, 실패 모두 함께해주는 사람이 진짜 친구다.

2. 살고 싶은 대로 살되 책임은 져라.

자유롭게 사는 것은 좋지만 자신의 선택에 책임지는 자세는 잊지 말아야 한다. 그 태도 하나가 개인의 성숙함을 결정 짓는다.

3. 성공만큼이나 실패도 중요하다.

잘되는 사람들은 좌절 없이 성공하지 않는다. 대부분 실패를 거듭하면서 성공한다.

4. 부모님이 살아 계실 때 잘하자.

갓 스무 살이 되었을 때는 부모님이 정정하다고 믿었다. 그런데 내가 한 살을 먹는 것과 부모님이 한 살을 드시는 것은 달랐다. 나는 매년 부모님이 늙어가는 것을 느낀다. 아직 곁에 있을 때 함께 여행이라도 다녀오자.

5. 할 말은 하되 무례하게 하지 말자.

무례함과 솔직함은 다르다. 무례함은 상대의 기분을 살피지 않고 시도 때도 없이 함부로 말하는 것이고 솔직함은 문제가 생겼을 때 필요한 만큼만 속마음을 내비치는 것이다.

6. 모두를 사랑할 필요는 없지만 미워하면서 살지도 말자.

누군가를 원망하는 일이 곧 내 삶을 갉아먹는 일이라는 사실을 이제야 알았다.

7. 과거를 곱씹지 말자. 후회는 한 번이면 족하다.

후회를 거듭하다 보면 나의 삶이 불행해진다. 매사에 의

욕이 사라지며, 우울한 생각밖에 들지 않는다. 현재에 집중하면 나의 행복을 스스로 결정할 수 있고 내일 또한 좋을 거라는 기대를 품을 수 있다.

8. 상처를 덜 받는 방법은 매사에 의미 부여하는 습관을 버리는 것이다.

최초의 상처는 타인의 말과 행동에서 비롯되었겠지만, 그 상처에 자꾸 의미를 부여하고 곱씹는 것은 스스로에게 2차 상처를 주는 행위이다. 나를 힘들게 하는 것으로부터 자유로워지자. 나를 힘들게 했던 말, 사람, 환경, 그 모든 것에서 벗어나라. 냉정하게 끊어내라.

나를 낮추는 것과
겸손함의 차이

겸손함은 사회생활에 어느 정도 필요한 미덕이라 생각한다. 갈수록 인권과 사회적 감수성이 높아지고 다양한 경로로 모든 것이 공유되기 때문이다. 그런데 신중함을 넘어 습관적으로 "저는 부족해서…"라는 말을 하고 다니는 태도는 어떨까. 자신을 낮추는 것과 겸손은 엄연히 다르다. 겸손이란 자신을 과장되게 포장하지 않고 끊임없이 객관적으로 되돌아보는 태도를 말한다. 자신을 객관적으로 볼 줄 아는 사람은 '나'와 '남'이 다름을 인정하고 타인을 존중한다.

반면 자신을 낮추는 것은 스스로의 가치를 깎아내리는 태도를 의미한다. 당신이 나서지 않아도 타인은 당신을 멋대로 평가하고 흠을 잡을 것이다. 그런데도 당신은 미리 자신의

값어치를 깎아내리고 있다. 말 한마디의 영향력을 알면서 왜 스스로를 낮추는 데 시간을 쓰는가. 습관적으로 자신의 부족함을 언급하는 사람이라면 철학자 랄프 왈도 에머슨의 말을 기억해두자.

> 사람은 누구나 자신이 하는 말을 바탕으로 남에게 판단된다. 원하든 원치 않든, 말 한마디 한마디로 남 앞에 자신의 초상화를 그려놓는 셈이다.

사람은 쉽게 변하지 않는다. 하지만 말하는 습관 하나만 고쳐도 현재와 전혀 다른 방향으로 나아갈 수 있다. 인생을 멀리 내다보고, 스스로에게 긍정적인 말을 하는 습관을 지녔으면 한다.

감정의 혼란 속에서
나다움 유지하기

　스스로가 제정신이 아니라고 느껴지는 날이 있다. 그런 날엔 사람을 대할 때 의도치 않게 이중적인 모습을 보인다. 평범하게 잘 지내다가 작은 일로 화를 내기도 하고, 낮에는 멀쩡하다가 밤만 되면 눈물을 쏟기까지 한다. 하지만 이런 모습을 함부로 타인에게 내비칠 수는 없다. 무조건 "괜찮다"라고 하는 위로의 글귀나 걱정할 것 없다고 격려하는 손길은 아무 도움이 되지 않는다.

　나 역시 긍정적인 태도가 모든 문제를 해결해주지 않았다. 수능, 자격증, 취업 등 각종 관문에 도전했다 실패한 일, 사랑하는 사람과의 가슴 아픈 이별, 믿었던 친구의 배신 등 기대했던 일들은 모두 상처로 돌아왔고 그 아픔은 오로지 나의 몫

이었다. 이렇듯 세상에는 언제 나를 뒤흔들지 모르는 일투성이였으며, 사건·사고는 내 뒤통수를 칠 기회를 노리다 부정적인 감정과 함께 불시에 들이닥쳤다.

그럼에도 나는 나다움을 유지하기 위해 노력해왔다. 나다움이란 이기적으로 살아가는 태도를 말하는 것이 아니다. 타인을 존중하되 내 삶에서 벌어지는 일은 내가 선택하는 것이다. 단, 그 선택의 책임 또한 내게 있다는 사실을 각오하고 현실을 직면한 뒤 결과를 담담하게 받아들이는 것까지가 나다움의 영역이다.

인간관계에서만 거리를 두는 요령이 필요한 게 아니다. 내 육체를 지배하는 부정적인 감정들과 거리를 둘 줄 알아야 한다. 감정의 평행선을 잘 유지해나가다 보면 나다움을 찾을 수 있는 안정적인 지점과 만나게 될 것이다.

우울을 받아들여야
우울에서 벗어날 수 있다

어느 정도 사회적 위치에 올랐거나 어려움을 극복한 사람, 혹은 힘든 환경에서 벗어난 사람들은 사는 일이 버거운 이들에게 그저 긍정적으로 살아야 한다고 타이른다.

"너무 우울해하지 마, 뭐든 마음먹기에 달렸으니까."

"그래도 해낼 수 있어. 너는 충분히 가능성이 있으니까."

확실히 그럴싸한 이야기다. 그렇지만 그 말을 듣는 순간 고통스러운 마음이 모두 부정당하는 것처럼 불쾌한 것은 어쩔 수 없다. 아무리 다정한 위로일지라도 최면을 거는 말들이 지겹게 들리는 것 또한 분명하다.

나는 고민 상담을 할 때 "우울하면 그 늪에 빠져 있다 나와도 된다"라고 말한다. 남들이 보기엔 별일이 아닐지라도 그

일에 내 마음이 다치는 것은 어쩔 수 없다. 사람은 자신도 모르게 상처를 받곤 한다. 그러니 우울함을 받아들이고 인정하는 것은 잘못된 일이 아니다.

남을 잘 챙기고 위로하는 사람 중에 정작 자신을 위로할 줄 모르는 사람이 의외로 많다. 이런 사람의 특징은 본인에 대한 기준이 높아 자신이 실수하는 상황을 극도로 경계한다는 점이다. 스스로 개선해야 할 부분을 알고 문제를 바로잡는 자세, 더 나은 사람이 되려는 자세는 좋다. 그러나 장기적으로 봤을 때 지나친 엄격함은 자신을 무너뜨리는 발단이 된다. 실수에 민감할수록 그것에 과도한 의미를 부여하고 끊임없이 자신에게 상처를 주니 고통이 끝나지 않는 것이다. 부정적인 경험을 반복하다 보면 그 상황에서 벗어날 의지를 잃게 된다. 그러므로 때로는 자신에게 따뜻한 손길을 내밀 줄 알아야 한다.

앞서 소개한 일자 샌드의 『서툰 감정』에서 자신을 위로하는 방법을 다음과 같이 소개했다.

당신 스스로 자신의 완벽한 부모가 돼라. 나는 힘들고 고통스러울 때 나 자신에게 이렇게 말한다. "사랑하는 일자, 모든 일이 바라던 내로 되지 않아서 많이 힘들지. 너는 그것을 얻기 위해 정말 열심히 노력했고, 진심으로 그것을 원했어." 그리고 내가 원했던 것이 무엇인지 상세하게 설명한다. 그럴 때 나도 모르게 눈물이 흐른다. 그것은 나의 슬픔과 안타까운 심정을 드러내는 눈물이다. 그렇게 한참 눈물을 흘리고 나면, 내가 원했던 것을 떠나보낼 마음의 준비가 된다. 완성하지 못한 것을 포기하기 힘든 것처럼 좋은 관계를 맺지 못했던 사람, 간절히 바라던 것들을 떠나보내는 것은 더 아프고 고통스러운 일이다.

아픔과 고통을 돌봐주는 부모 역할을 스스로에게 할 수 있다면 우울한 감정에서도 쉽게 벗어나게 될 것이다.

넘어져도 괜찮다,
결국에는 잘될 테니까

정신없이 뛰다 보면 누구나 넘어지기 마련이다. 그러니 지나친 근심은 접어두기 바란다. 한 번 넘어진다고 인생의 승부가 결정되진 않는다. 인생은 100미터 달리기가 아니라 장거리를 달리는 마라톤과 같아서 조금 뒤처진다고 끝이라 판단하긴 이르다. 실패를 마치 예상한 것처럼 받아들이면 원치 않는 결과가 나와도 조금은 담담해질 수 있다. 실패해도 된다. 그 실패가 있기에 성공의 값어치가 비약적으로 상승할 것이다. 만약 당장 일어설 수 없을 것 같다면 넘어진 자리에서 슬픔의 눈물을 모두 쏟아내도 된다.

지나간 일에 대해 아무렇지 않은 투로 얘기하는 사람을

보면 안티깝다. 그 당시의 자신한테는 결코 가벼운 일이 아니었을 텐데.

그러니 한 가지만 약속하자.

먼 훗날 과거를 돌아볼 때, 지금 흘린 눈물을 가벼이 여기지 않겠다고 말이다.

3

눈물과 후회의 사랑이
나를 성숙하게 한다

사람은 고쳐 쓰는 게
아니라는 말

　사랑하려면 상처받을 각오로 하라는 말이 있다. 사랑에는 책임과 의무가 따르기 때문이다. 이별할 때까지 한 사람만 바라봐야 할 의무, 상대의 모든 면을 받아들여야 할 책임이 그것이다. 이제 막 사랑에 빠진 사람들은 이 모든 일이 평생 가능할 것이라 믿지만, 시간이 지나 콩깍지가 벗겨지면 사랑을 시작할 땐 보이지 않던 상대의 단점이 눈에 들어온다. 그리고 내가 기대했던 사람이 아니라고 실망하거나 상대를 내 취향에 끼워 맞추기에 이른다.

　'사람은 고쳐 쓰는 게 아니다'라는 말을 달리 해석하면 있는 모습 그대로 사랑하라는 뜻이 된다. 조금 마음에 들지 않는다는 이유로 상대를 기계처럼 뜯어고치려 든다면 사랑이라는 관계의 첫 단추를 잘못 끼운 셈이다. 상대를 있는 그대로 받아들일 때 진정한 사랑이 시작되기 때문이다. 이 점을 유념해 연인 관계를 지키기 위해 서로 노력해야 한다.

당신의 존재 자체가
큰 위로다

나는 한때 SNS를 통해 고민 상담을 받았다. 많은 사람들이 가정사, 진로 문제, 연인 관계 등 자신이 힘들어하는 일에 관한 다양한 고민을 털어놓았다. 그중에서도 기억에 남는 사례가 있다. 힘든 일을 겪는 소중한 사람에게 형식적인 위로밖에 해줄 수 없어서 속상하다는 한 여성분의 고민이었다. 사연을 털어놓고 나서 그 여성분은 큰 결심을 한 듯이 덧붙였다.

"도움이 될 만한 위로, 그 사람에게 정말 힘을 줄 수 있는 위로를 하고 싶어요. 물질적인 방식이라도 좋으니, 내가 할 수 있는 일이라면 그게 무엇이든 해주고 싶어요."

진심이 묻어 있는 문장과 남자친구에게 헌신적인 모습에

감동하여 나 또한 진심을 담아 답변했다. 혹시 비슷한 고민을 하는 사람이 있다면 도움이 되기를 바라는 마음으로 이곳에도 옮겨 적는다.

"힘이 되어주고 싶다는 그 마음 하나로 남성분은 이미 큰 위로를 받았을 것입니다. 그 마음이 얼마나 소중한지 두 분이 알고 있을지 모르겠네요. 주는 사람은 그 마음을 변함없이 유지했으면 하고, 받는 사람은 감사하는 마음을 끝까지 잃지 않았으면 해요.

그래도 방법을 물어보셨으니 한 가지 제안을 드리자면, 각자 글을 써서 그것을 공유하는 것은 어떨까요. 글은 말로 미처 다 하지 못했던 속마음을 전할 수 있고, 무엇보다 두고두고 꺼내서 읽어볼 수 있으니까요. 직접 글을 쓰는 것이 어렵다면 다른 사람의 에세이나 따뜻한 위로의 한 줄을 보고 느낀 점을 공유해보세요. 같은 글을 봐도 서로 느끼는 감정의 온도는 분명 다를 거예요. 만약 위로의 글을 본 뒤에도 남성분이 힘들어한다면, 여성분만이 쓸 수 있는 따뜻한 글로 남성분의 마음을 안아주세요. 분명 잘 헤쳐나갈 수 있습니다."

내 사람의 소중함을
깨닫는 방법

약속 장소에 도착했을 때 수많은 사람 가운데서 서로를 한눈에 알아보는 순간, 무수한 대화가 오가는 카페에서 서로의 이야기에 집중하던 시간, 정신없는 일과 중에도 카톡으로 둘만의 농담을 주고받던 일. 연애할 때 우리를 웃음 짓게 만드는 소중한 장면들이다. 그러나 반복되는 만남에 익숙해지고 상대를 소중히 여기는 마음을 잃어버리는 순간부터 권태는 시작된다.

권태를 극복하기 위해 기념일 이벤트 같은 특별한 순간만 찾다 보면 금세 지치기 마련이다. 그러니 평소에 긴장감을 놓치지 말고 여러 관점에서 연인을 다시 보는 습관을 지녔으면 좋겠다. 예측할 수 없는 관계의 미래를 상상하면 불안하겠지만, 지금 이 순간 곁에 있는 사람에게 집중하고 그 사람을 소중히 대하자. 사소한 추억이라도 하루하루 성심성의껏 쌓아가다 보면 먼 훗날 그 추억은 분명히 크고 선명해져 단단한 연결고리가 되어줄 것이다. 한 번 더 떠올리고, 마음을 전하고, 바로 실천해보자.

서운함을
감출 수 없는 이유

"이해하지만, 그래도 서운해."

연인에게 이런 말을 해보거나 들은 적이 있는가. 상대를 좋아하니까 서운하고, 그렇다고 혼자 감정을 누르기에는 쌓인 것이 많다는 의미다. 서운한 사람은 감정의 응어리를 해소하기 위해 상대에게 애정 표현을 갈구하고 연락의 빈도를 높인다. 이러한 결핍 상태가 해소되지 못하면 부정적인 생각은 점점 거대해지며, 이내 관계를 회복하려는 노력은 집착으로 변하게 된다.

사랑하는 마음이 너무 크기 때문에 서운함을 감출 수 없다. 그런 사람을 탓하거나 몰아세우는 건 아니다. 당신이 보기에는 연인이 별것 아닌 일로 마음이 상한 것 같겠지만, 사랑하면 누구나 어린아이가 된다. 이 과정에서 가장 평등해야 할 연인 사이에 갑과 을이 정해지고 아쉬운 쪽이 일방적으로 매달리는 애정의 권력 관계가 형성된다. 그 모습을 보면 한 사람이 다른 사람을 짝사랑하는 것 같다. 매달리는 사람만 전전긍긍하고, 왜 내 마음을 몰라주냐고 따져 묻는 부끄러움까지 감당한다. 그렇게 괴롭다면 그만 매달리면 되지 않느냐고 생각할 수 있다. 하지만 사랑에 빠진 사람에게 그것은 정말 마지막 선택지다. 짝사랑하는 이 마음마저 내려놓아야겠다고 느끼는 순간 서운함이 멈출 것이다.

집착을
내려놓는 방법

연인에게 집착하는 사람이 주변에 한두 명 정도는 있을 것이다. 없다면 당신이 그런 사람일지도 모른다. 물론 나는 집착을 나쁘다고 생각하지 않는다. 집착은 관계에 어느 정도 긴장감을 부여하며, 상대방을 생각하고, 걱정하고, 신경 쓰는 마음은 서로의 사랑을 확인하는 데 중요한 요소이기 때문이다. 그런데 내가 말하고 싶은 집착은 그런 가벼운 수준의 집착이 아니다. 모든 관심이 상대에게 쏠린 탓에 상대의 일거수일투족을 알려 하고 그렇지 않으면 몹시 불안해하는, 훨씬 심각한 감정이다. 집착을 내려놓지 못하면 나뿐만 아니라 상대까지도 스트레스의 굴레에서 벗어나지 못한다. 내 감정은 내 선에서 정리하는 게 좋다.

집착이 생기는 이유는 상대에게 과한 기대와 환상을 품기 때문이다. 집착이 심한 사람들은 내가 원하는 바를 상대가 들어주지 않을 때 더욱 집요하게 그 대상에 매달린다. 즉 집착은 이기적인 마음과 욕심에서 비롯된 감정이다. '사랑'과 '집착'을 혼동하면 안 된다. 그 사람은 내가 소유할 수 있는 사물이 아니다. 돈을 주고 산 물건이 아닌, 돈으로도 바꿀 수 없는 인격체다. 내가 상대에게 기대한 모습과 상대의 실제 모습은 분명 다를 것이다. 내가 불완전하듯 상대도 불완전한 사람임을 잊지 말자. 가장 이상적인 관계는 가치관의 충돌 없이 서로만을 바라보면서 잘 지내는 것이지만, 그게 말처럼 쉬운 일은 아니다. 어쩌면 집착은 내가 상대를 묶어두는 것이 아니라, 내가 스스로를 놓지 못하는 일이 아닐까. 상대를 강압적으로 대하는 일은 상대는 물론 스스로를 망치는 일이라는 사실을 명심하기 바란다.

사랑하는 이에게
잔인했던 기억

연인들은 서로가 없으면 죽을 것처럼 사랑하다가도, 막상 갈등에 직면하면 돌이킬 수 없는 돌발 행동을 하곤 한다. 때로는 폭력이라는 형태로 감정을 분출하기도 하고, 말로 상대에게 평생 지워지지 않을 상처를 남기기도 한다. 어릴 적 나는 사랑을 충분히 받지 못해서, 사랑받는다는 것이 어떤 느낌인지 잘 몰랐다. 사랑을 제대로 받아본 적이 없으니 다른 사람에게 사랑을 나눠주는 법을 알았겠는가. 첫사랑을 만나기 전까지 내게 사랑이란 상상 속의 동물과도 같았다. 내 입으로 누군가를 소중한 사람이라고 표현할 날이 올 줄 몰랐고, 다정한 목소리로 누군가에게 예쁘다는 말을 속삭일 수 있을 거라곤 생각지도 못했다. 문제는 사랑에 다가갈 용기만 있었지 사랑을 담아낼 그릇은 없었다는 점이다. 상대의 모습을 있는 그대로 받아들이기란 쉽지 않은 일임을 그때 처음 알았다. 마치 사랑이라는 마라톤 경기에서 처음부터 전속력으로 달리는 바람에 얼마 가지 못하고 지쳐버린 선수가 된 기분이었다.

한번은 그녀와 크게 다퉜다. 화를 이기지 못한 나는 그녀를 음식점에 혼자 두고 나왔다. 따라 나온 그녀는 나에게 말을 걸지도 못한 채 일정한 간격을 두고 쫓아왔는데, 나는 그 모습을 보고도 걷는 속도를 높여서 지하철역으로 향했다. 그때 그녀는 비 맞은 강아지처럼 안쓰러웠지만, 미안하다고 말하면서 안아줄 용기가 도저히 나지 않았다. 장거리 연애로 얼굴을 볼 수 있는 날이 많지 않았는데도 나는 그녀를 두고 집에 가버렸다. 사랑하는 이에게 버림받아 홀로 남겨진 그녀의 기분은 어땠을까. 씻을 수 없는 상처를 안긴 셈이다.

감정 기복이 심한 나는 그 후로도 여러 번 그녀를 힘들게 했고, 헤어지자는 말도 서너 번 뱉었다. 그때마다 그녀는 괜찮다고 말해주었지만 이기적인 나는 그 따뜻한 마음을 제대로 살피지 못했다. 이 모든 잘못을 깨달았을 때는 이미 늦었다. 내가 이성을 되찾는 사이 그녀는 이별을 준비했고, 나는 겉으로는 담담하게 이별 통보를 받아들였다. 어렵게 만난 그녀를 쉽게 보내버렸다. 그리고 꽤 오랫동안 아팠다. 그제야 알았다. 그녀는 나와 만나고 있을 때 몇 배는 더 아프고 힘들었으리라는 사실을.

사랑을 통해
성숙해지다

　연인과 헤어지고 1년쯤 지나 그녀에게 다시 연락한 적이 있다. 다시 만났을 때 우리는 둘 다 많이 변해 있었다. 사랑할 때 상대에게 헌신하는 타입인 그녀는 나와 만나는 동안 나를 신경 쓰느라 자신을 챙기지 못했다. 아마 그런 성격에는 그녀가 한 가정의 장녀였고, 가족들이 그녀에게 거는 기대가 컸다는 점이 한몫했으리라. 그랬던 그녀가 나와 헤어지고 1년이 지난 무렵 자신을 잘 챙기는 사람으로 변해 있었다. 그녀는 가고 싶었던 대학에 당당히 합격했다고 말하며 환하게 웃었다.

　한편 과거의 나는 지키지도 못할 약속을 쉽게 내뱉는 경솔한 사람이었으며, 용기 있게 도전할 줄 알지만 대책은 없는 그런 사람이었다. 감정 기복이 너무나 심했고 사소한 갈등에도 크게 흔들렸다. 그랬던 내가 잘하는 일을 발견한 후부터는 쉽게 무너지지 않았다. 과거의 내가 근거 없는 자신감만 가득했다면, 이제는 근거 있는 자신감을 갖췄기 때문이었다. 매일 글을 쓰는 습관을 유지하다 보니 상황을 좀 더 객관적으로 바라볼 수 있게 되었고, 그러자 감정 기복이 줄어들었다. 말에는 책임이 따른다는 사실을 깨달았기에 항상 말을 아끼게 되었다. 무엇보다 상대를 한결같이 사랑하려고 노력하는 마음을 가지게 됐다. 이 모든 변화가 그녀와 이별을 겪으면서 배운 것들이다. 물론 사람이 한순간에 완전히 달라질 수는 없다. 그저 어제보다 더 나은 사람이 될 수 있도록 노력할 뿐이다.

빅토리아 시대 영국의 소설가 조지 엘리엇은 "이별의 아픔 속에서만 사랑의 깊이를 알게 된다"라고 말했다. 그녀와의 만남과 이별을 통해 나는 한 단계 더 성숙해졌다.

가슴 아픈 사랑의 기억은 누구에게나 있으리라 생각한다. 다른 사람은 그 기억을 어떻게 다룰지 모르겠지만, 나는 이제 그 기억들을 조용히 과거에 묻어두려 한다.

마음껏 미워하고
마음껏 그리워하자

그 누구도 사랑을 시작할 때 이별을 각오하지 않는다. 다만 인생의 먼 길을 함께 가다 서로 맞지 않으면 등을 돌리고 각자의 길을 가는 것뿐이다. 함께 왔던 길을 되돌아가도 한때 열렬히 사랑하던 그 사람은 없다. 반으로 찢어진 추억을 주위 담을 수도 없다. 상대에게 준 상처를 되돌릴 수 없는 것은 물론이고 더 배려하지 못한 것, 최선을 다해 사랑하지 못한 것, 치명적인 실수를 저질렀던 것 모두 지울 수 없다. 아무리 후회해도 소용없다. 모든 기억은 고쳐 쓸 수 없다. 그저 인생이라는 책의 한 페이지에 고스란히 기록될 뿐이다.

그러므로 지금 당신이 겪는 고통은 당장 어떻게 할 수 없다. 교통사고를 당했다고 생각하면 이해하기 쉬울 것이다. 교

통사고를 당해 몸이 성한 곳이 없는데 어떻게 다음 날 바로 일상생활을 할 수 있겠는가. 병원에 입원하고 완치될 때까지 기다려야 할 것이다. 지금 그 아픔도 시간이 가면 옅어진다. 회복을 도와줄 수 있는 친구를 만나거나 본인이 할 수 있는 일을 하다 보면 고통스러운 시간을 더 빨리 흘려보낼 수 있다.

그래도 상실감에서 벗어나지 못한다면 위로가 될 만한 책이나 슬픈 시들을 읽어보자. 그런 글들은 이별의 고통을 마주할 수 있는 용기를 준다. 이별의 아픔에 담담해질 때까지 그 사람을 마음껏 미워하고 마음껏 그리워하길 바란다. 그렇게 조금씩 '나'를 달래자.

너에게 헤어지자고
말하기까지

　내가 너에게 헤어지자고 말하기까지, 우리가 이별을 맞이하기까지 나는 너에게 몇 번이나 대화를 시도했지. 한번은 내가 너무 아파서 하루 종일 너에게 연락을 못 했잖아. 너는 내가 며칠째 앓아누워 있다는 사실을 알고 있었어. 그런데도 넌 전화 한 통 걸지 않았고, 내가 어디서 뭘 하든 조금도 궁금해하지 않았어. 이렇게 말하면 너는 항변할 거야, 더 직설적으로 표현하지 그랬냐고, 그렇게 에둘러 표현하면 어떻게 아느냐고 말이야. 제발 솔직하게 말하지 그랬냐며 억울해하겠지. 그런데 있잖아, 넌 그렇게 말할 자격이 없어. 너 원래 안 그랬거든. 나를 한창 사랑하던 때의 너는 내 사소한 몸짓과 말투의 변화까지도 알아채며 무슨 일이냐고 걱정해준 사람이었어.

시간이 지날수록 그런 관심은 사라졌지. 사실 뻔한 일이야. 내가 너의 곁에 있는 게 익숙해졌을 뿐이지. 너의 사랑은 내 마음을 얻은 순간, 딱 거기까지였어. 그리고 그건 너의 착각이야. 사귀는 순간 끝나는 게 사랑이 아니라, 시간이 지난다고 변하는 게 사랑이 아니라 상대를 한결같이 대하려 노력하는 것까지가 진짜 사랑이야. 너의 변화에 나는 크게 실망했고, 실망을 반복하다 보니 나중에는 그러려니 하고 포기하게 되더라. 나는 다만 변함없이 사랑받고 싶었던 것뿐인데, 그조차 욕심이었나 봐. 관계를 지속할수록 우리가 깊어져가는 게 아니라 상처가 깊어져가던 나날이었어.

있잖아, 만약에 내가 좀 더 너를 이해하고 네가 좀 더 노력했더라면 무언가 바뀌었을까? 하지만 이제는 알아. 난 최선을 다했고 이것이 최선의 선택이라는 걸. 너도 나같이 까다로운 애 사랑하느라 고생했다. 잘 지내.

이별의 상처가
큰 이유

너는 좋은 사람이었지만 좋은 연인은 아니었다. 헤어진 지 2주가 지났을 때 나는 두 번 다시 사랑한다는 이유로 나를 잃어가면서 상대에게 맞춰주지 말자고 다짐했다. 최선을 다해 사랑했으니 미련도 없고 후회도 없다. 너 하나 떠났다고 내 자존감이 낮아질 이유도 없다. 사랑할 때나 네가 특별한 사람이지, 이미 헤어졌으니 너 또한 남들과 다를 바 없다.

사랑하면서 가장 중요한 건 최선을 다해서 그 사람을 사랑하는 일인데, 너의 우선순위는 언제나 내가 아니라 주변 사람과 환경이었다. 너는 남는 시간에 나를 만나줬고 나는 너에게 모든 일정을 맞출 수밖에 없었다.

하루아침에 소중한 존재가 사라지니 처음엔 미칠 지경이

었지만, 점차 괜찮아지고 있다. 사랑하는 이에게 매몰차게 버림받는 일이 사람을 얼마나 초라하게 만드는지 너는 모를 것이다. 한 가지 분명한 것은, 나처럼 최선을 다해서 너를 사랑해주는 사람은 없을 거라는 사실이다. 내가 너에게 그토록 잘해준 이유는 너를 소중하게 생각했기 때문인데, 이제는 아니다. 그러니 이별은 자연스레 극복할 수 있다. 적어도 앞으로 너 때문에 혼자 아파하고 상처받으며 힘들어할 일은 없겠지. 한동안 눈물로 밤을 지새우는 날이 있더라도 말이다. 언젠가 다시 사랑하게 될 날을 위해 지금은 충분히 아파하며 이 시간을 보내야겠다.

어쩌면 나도 남들과 다를 것 없는 평범한 연애를 했는지도 모른다. 어디에나 있는 사랑이고 흔해빠진 이별인데 특별하다고 믿었으니 상처가 더욱 깊은 것 같다. 영원할 것 같던 사람과의 이별은 대부분, 아니 모두가 겪는 일인데 말이다.

익숙함에 속아
한눈을 팔다

한번은 이런 고민 상담을 받은 적이 있다.

"남자친구와 1년 동안 잘 만나왔는데, 이제 질린 것 같아요. 간섭받지 않고 밤에 자유롭게 놀러 다니고 싶어요. 그런데 다른 사람을 만나자니 이런 안정감을 주는 사람이 다시없을 것 같고…."

고민을 상담해온 여성분이 말한 안정감이란 외로움을 느낄 틈이 없는 상태일 것이다. 외로움을 달래기 위해 연애를 시작했지만 이제는 충분하다는 얘기다. 그녀의 SNS에는 팔로워가 제법 많았고, 댓글에도 그녀를 찾는 목소리가 가득했다. 그러니 더 이상 남자친구의 도움이 필요하지 않을 것이었다.

주변에 종종 "사랑해도 외롭다"라고 말하는 이들이 있다.

그들은 사랑해서 상대방을 만나는 것인지, 자기 욕심을 충족하기 위해 만나는 것인지 모른 채 연애를 지속한다. 철학자 알랭 바디우는 사람들이 진짜 사랑을 하고 있지 않다고 지적하면서 사랑을 둘만의 경험, '둘이 등장하는 무대'라고 표현했다. 이 말은 우리가 사랑할 때 상대에게 얼마나 집중하고 있는지를 묻는다. 만약 상대방 외에도 집중해야 할 것들이 많다면 연애는 자연스레 우선순위에서 밀린다. 두 사람의 성향이 맞는다면 큰 문제가 아니지만 한쪽이 결핍을 느끼기 시작한다면 그 관계의 끝은 안 봐도 뻔하다.

사랑은 할 일을 다 끝내고 시간이 남을 때 챙기는 것이 아니라고들 한다. 만약 곁에 있는 이가 당연하게 느껴지고 지겨운 마음이 든다면, 익숙함에 속아 소중함을 망각하고 있는 건 아닌지 생각해봐야 한다.

사랑의 결정권을
남에게 넘기지 말라

"작가님, 이 사람하고 헤어져야 할까요?"

"작가님, 이 사람하고 다시 만나야 할까요?"

솔직히 말하면 이런 질문을 받을 때마다 한숨이 나온다. 물론 당사자보다 제삼자가 객관적으로 문제를 바라봐줄 거라는 믿음은 이해한다. 하지만 연애 문제만큼은 내가 어떤 조언을 해도 결국 본인이 마음 가는 대로 행동하기 때문에 굳이 긴 말을 건네지 않는다. 그리고 사실 내용을 들어보면 진지한 조언을 구하기보다 상대방의 단점을 나열하고 안 좋은 기억만 헤집기 바쁜 경우가 대다수이다.

상대방의 단점은 당사자가 해결할 의지가 없으면 고칠 수 없다. 게다가 고칠 의지가 있다 해도 인간이란 오랜 습관이

나 순간의 감정에 따라 행동하는 존재 아닌가. 때문에 스스로 문제를 반성하고 숙성하는 기간이 필요하다. 만약 당신이 당장 너무 힘들어서 이 기간을 견뎌낼 여유가 없다면 생각해보길 바란다. 계속 상처받고 아프더라도 이 사람을 만나는 게 나을지, 혹은 헤어지는 편이 나을지 말이다. 만남과 헤어짐을 결정하는 기준을 확실히 세워놓지 않으면 혼자만 괴로울 뿐이다. 가령 다른 이성과 지나치게 친하게 지내는 것처럼 일반적으로 수용하기 어려운 선이 있다. 애인이 그 선을 잘못 밟았을 때 개선의 여지가 있다면 계속 함께할 수도 있지만, 아니라면 서로 다른 길을 가는 수밖에 없다.

재회에도 충분한 숙고가 필요하다. 아마 당신은 과거에 받은 상처가 아니라 앞으로 받을 상처가 두려워 다시 만나길 꺼릴 것이다. 이는 필요한 과정이다. 충동적인 감정에 휩쓸려 재회의 좋은 점만 보기보다 과거와 같은 문제로 또 다시 상처받을 수 있다는 최소한의 각오가 필요하다. 다시 만나기로 결심했다면 상대에게 최선을 다했는지 스스로 되돌아보고, 정말 할 수 있는 선까지 해보길 바란다. 그럼 자연스레 결론이 나오지 않을까 싶다.

사랑은 언제나
100 아니면 0이다

    손바닥이 서로 마주쳐야 소리가 나듯, 사랑도 두 사람의 간절함이 함께해야 오래도록 지킬 수 있다. 권태기를 극복하고 장기간 사귀는 연인들의 특징은 가치관이나 성격의 대립이 일어날 때 중간 지점에서 한 발짝 물러나 서로를 이해한다는 점이다. 상대를 이해하려는 최소한의 노력도 없이 성격 차이를 핑계 삼아 이별을 고할 바에는 차라리 좋아하는 마음이 사라졌다고 솔직하게 말하는 편이 낫다. 아무리 외모가 출중하고 경제력이 뛰어나고 성격이 좋은 사람이라 할지라도 시간이 지나면 단점이 보이는 법이니까 말이다.

    이런저런 이유를 대며 이별을 통보하는 게 습관이라면 자신의 연애 방식을 되돌아볼 필요가 있다. 짧게 사귀고 헤어지는 과정을 반복하고 있다면 자신의 마음을 살펴보자. 경제 사정, 마음의 여유, 전에 만났던 사람에 대한 미련 등 스스로 걸리는 부분이 있을지 모른다.

만약 불안이 밀려와 나를 덮칠 것 같으면, 사랑하는 마음에 집중하며 불안을 눌러버리자. 그리고 사랑하는 애인과 함께 이겨내겠다고 약속하길 바란다. 두 사람이 함께한다면 지금 닥친 불안도, 앞으로 다가올 불안도 분명 이겨낼 수 있다. 최선을 다해 사랑한다는 것은 어려움도 함께 극복하는 마음가짐을 갖는 일이라 믿는다.

어떤 만남은 운명이고,
어떤 이별은 어쩔 수 없고

    많은 사람들이 만남은 운명이라는 낭만적인 단어로 수식해놓고 이별은 어쩔 수 없는 일이라며 냉소한다. 그러나 만남은 운명이 아니고, 이별도 어쩔 수 없는 일이 아니다. 인연의 시작과 끝은 모두 당신의 선택으로 만들어진다. 사랑의 시작이 당신의 선택으로 존재했듯 이를 끝내는 것 또한 당신의 의지 안에 있다.

    최종 선택을 내리기 전에 스스로 질문해야 할 것들이 있다. 이별을 선택하려는 당신은 연인을 만나는 동안 정말 최선을 다했는가, 이대로 상대를 보내도 괜찮은가를 자문해보자. 계속 만남을 이어가려는 당신은 변함없이 상대를 사랑할 각오가 되어 있는지 곰곰이 생각해보자. 확실하게 결정하고 실행해야 한다. 당신이 망설이는 사이에 상대방은 혼자 평생을 약속할 준비를 하거나, 감정만 낭비하는 연애에 지쳐 돌아설 준비를 하고 있을 테니 말이다.

사랑은 원석을 보석으로 만들어가는 것

"다들 보석을 찾는 걸 결혼이라고 생각해요. 결혼을 꿈꾸며 한 번쯤 그려봤을 자신의 이상형. 하지만 저는 결혼이란 그런 게 아니라, 원석을 보석으로 만들어가는 과정이라 생각해요. 사랑하는 사람이 보석이 돼가는 모습을 보는 것은 정말 신나는 일이에요. 그리고 원석인 나도 내 배우자를 통해 점차 보석이 되어간답니다. 보석만 찾다가는 결혼 생활에 실망할 수밖에 없어요."

가수 션이 토크 프로그램인 〈힐링캠프〉에 나와 결혼에 대한 생각을 위와 같이 밝힌 적이 있다. 그가 연예계 대표 사랑꾼이라는 사실은 다른 예능 프로그램을 통해 오래전부터 알고 있었다. 나는 가끔 그의 근황이 궁금해 기사를 찾아보는데,

한번은 자신의 SNS에 결혼 5천 일을 자축하는 글을 올렸다고 한다. 어떻게 자신의 일을 그렇게 열심히 하면서 배우자와 자녀를 사랑하는 일에도 소홀하지 않을까.

〈힐링캠프〉에서 션이 말하길, 보통 부부들은 자식이 생기면 자식에게 신경이 쏠리기 때문에 부부 싸움마저도 자녀 문제로 일어나는 경우가 많다고 한다. 그렇기에 션은 행복한 결혼 생활을 유지하는 비결이 '서로에게 집중하는 것'이라 밝혔다. 부모가 서로 사랑하는 모습을 보여주는 것만으로 자녀들에게 긍정적인 영향을 줄 수 있다는 것이다.

션과 정혜영 부부가 제안하는 사랑을 지키기 위한 방법은 세 가지다.

첫째, 먼저 서로를 대접해줄 것.
둘째, 서로의 장점을 보려는 관점을 유지할 것.
셋째, 오늘이 마지막 날이라고 생각하며 서로를 대할 것.

내가 먼저 상대를 존중하고, 상대의 장점을 바라보는 시선을 잃지 않으며, 오늘 하루 최선을 다해 사랑하는 것. 가장 간단하지만 가장 올바른 답이 아닐까 싶다.

이런 사람을
만나고 싶다

　　나는 모두에게 매력적인 사람이 아닌, 곁에서 진심을 나눌 수 있는 한 사람이 필요하다. 일상의 사소한 순간들, 재미난 일들을 공유할 수 있는 사람이 필요하다. 내 옆에 있어줄 단 한 사람은 그런 사람이었으면 좋겠다. 물론 좋은 사람을 얻기 위해서는 나부터 그에게 좋은 사람이 되어야 할 것이다.

　　처음 만났지만
　　아주 오래전부터 알고 지낸 사이처럼
　　편안한 사람을 만나고 싶다.

　　어쩌다 서운함이 폭발한 날

감정적으로 던지는 나의 질문에
내가 원하는 대답을 해주지 못해도,
내 마음을 알아주려 노력하는 사람.

말 한마디를 하더라도 신중히 하는 사람.
말로 좋은 영향을 주는 사람.

가끔은 거리감이 느껴져도
그 거리를 좁히기 위해
용기 내 다가와주는 사람.

무엇보다
사랑하기 때문에
나를 필요로 하는 사람.

성숙한 연애를 위한
여섯 가지 조언

1. 상대를 믿어주되 배신을 쉽게 용서하지 마라.

신뢰는 상대를 향한 긍정적인 시선에서 나온다. 상대의 단점을 부각하면서 사람은 변하지 않는다고 미리 선을 긋기보다, 열린 마음으로 사랑하는 이를 바라보자. 그래야 당신도 전전긍긍하면서 마음고생하지 않을 것이다. 만약 당신이 믿어주었는데도 잘못을 저지른다면, 어디까지 용서가 가능한지 허용 범위를 설정하라. 그 선을 넘었다면 쉽게 용서해주지 말고 단호한 태도를 취하라.

2. 구체적으로 표현하는 습관을 들이자.

'좋았어', '괜찮았어' 등의 표현은 나의 감정이나 일상을

묘사하기에 추상적이다. 상대에게 내 생각을 구체적으로 전달할 줄 안다는 것은 그만큼 사랑을 나눌 방법이 많아진다는 뜻이다. 오늘 기분이 어땠는지, 지금 무슨 생각을 하는지 잘 전달할 수 있다면 소통이 그만큼 원활해진다. 너무 사소해서 별것 아닌 방법처럼 보이겠지만, 구체적인 표현은 연인과의 교류를 늘이고 갈등은 줄이는 데 도움이 된다.

3. 연인에게 가장 좋은 사람이 되자.

모두에게 친절해도 정작 연인에게 친절하지 않다면 무슨 소용이 있겠는가. 모든 사람에게 좋은 사람일 필요는 없다. 사랑하는 이에게만 좋은 사람이면 된다.

4. 고쳐야 할 건 고쳐라.

사람은 쉽게 변하지 않는다. 누구나 그렇게 생각할 것이다. 하지만 상대가 유독 못 견뎌하는 단점이 있다면 시간이 걸리더라도 고치기 위해 노력하자. 평생을 그렇게 살아왔으니 불가능하다고 지레 포기하지 말자. 설령 완벽히 변할 수 없더라도, 변하려는 노력은 사랑의 수명을 연장시킨다.

5. 상대의 변화를 알아차리려는 노력을 게을리하지 말자.

사랑을 오래 지속하는 방법으로 '초심을 잃지 말자', '애정 표현을 하자'라는 솔루션은 너무 모호하다. 어떻게 초심을 유지할 것이며, 어떤 표현으로 사랑을 느끼게 해줄 것인지가 중요하다. 나는 상대의 변화를 알아채고 그 변화에 반응하라고 말하고 싶다. 상대가 신경 써서 입고 온 옷, 헤어스타일의 변화, 미묘한 표정의 차이를 알아챈다는 것은 곧 상대에게 관심이 있다는 뜻이다. 연애 초반, 그 사람의 일거수일투족에 온 신경을 집중하던 그 시기처럼, 그 사람을 자세히 살피는 눈을 언제나 반짝이고 있어야 한다.

6. 상대가 당신을 소중히 여기는 만큼만 사랑하라.

절대 자신을 잃어가면서 사랑하지는 않았으면 한다. 당신이 아무리 정이 많다 할지라도, 자신보다 남을 챙기는 습관이 몸에 배었다 할지라도 상처를 허락해가며 사랑하는 것은 나를 망치는 행위다. 사람은 자신을 사랑하지 못할 때 가장 고독해진다. 채워지지 않는 마음을 타인을 향한 맹목적인 사랑으로 메꾸려 한다면 그것은 밑 빠진 독에 물 붓기와 같다. 애정을 쏟아부을 줄만 알고 절제하는 방법을 모르겠다면, 그 애정의 절반만이라도 자신에게 주려는 연습을 하라. 단 한 번도 상처 받지 않은 것처럼 자신을 사랑하라. 그런 다음에 건강한 연애, 성숙한 사랑을 할 수 있을 것이다.

4

~~~~~~

인생은 좋았고

때로 나빴을 뿐이다

실수를 막아주는
모호함

　나는 성격이 급한 편이다. 달리 표현하면 충동적이라 할 수 있다. 이런 성격은 추진력이 좋아 아이디어가 떠오르면 바로 실행에 옮긴다는 장점이 있다. 인간관계도 필요하다 싶으면 거리낌 없이 다가서고, 나만 힘든 관계라는 생각이 들면 미련 없이 정리한다. 그러나 이성보다는 감정이 앞서고, 무슨 일이 생기면 곧잘 당황한다는 단점도 있다. 목표를 설정해놓고 그 목표를 향해 정신없이 가다가도 이런저런 생각이 떠올라 쉽게 산만해지고 집중력이 떨어진다. 가끔은 잘못된 판단으로 타인을 평가하여 험담하기도 한다. 충동적인 만큼 당황하면 무심코 거짓말을 한다.

　이런 나에게 필요한 것은 약간의 거리 두기, 즉 모호함이 아닐까. 살다 보면 무언가를 선택해야 하는 순간이 오는데, 나는 자주 섣부른 판단으로 일을 그르치고 시간이 지나 후회한다. 그래서 이제는 긴가민가하면 반드시 확인하는 습관을 가지려 노력한다. 일이든 사람이든 그 이면과 속내를 파악하려면 노력이 필요하다. 나만 생각하느라 남에게 함부로 말해서도 안 되고, 타인만을 생각하느라 나를 잃어버려서도 안 된다. 감정의 액셀을 밟기 전에 이성으로 한 번씩 브레이크를 걸도록 하자. 그 습관이 현명한 선택을 하는 첫걸음이 될 테니.

체력의
중요성

체력 단련은 우리가 더 많은 일을 할 수 있게 도와준다. 체력이 좋으면 같은 일을 하더라도 더 오래 버틸 수 있고, 공부할 때나 사람을 만날 때도 더 잘 집중할 수 있으며, 그 모든 일과가 끝난 후 하고 싶은 일을 할 여유까지 확보할 수 있다. 많은 건강 전문가들이 유산소 운동을 추천하거나 하다못해 하루 30분 이상 걸으라고 권장하는 이유는 그래서가 아닐까.

덧붙이자면 나는 정신적인 체력도 중요하다고 말하고 싶다. 특히 문제가 되는 일을 마주할 힘을 기르는 것이 중요하다. 용기가 부족한 사람들은 대부분 문제가 발생해도 아무 일 없던 것처럼 굴고 모른 척하며 살아간다. 나 또한 회피형 인간이라 힘든 일이 발생하면 잠수를 타거나 외면하기 바빴는데,

이제는 스트레스를 받더라도 사실을 받아들이고 정면에서 마주하며 해결하려고 애쓴다. 이런 노력이 자제력과 인내심, 의사 판단 능력에 영향을 미친다는 사실을 깨달았기 때문이다. 결국 문제를 정면으로 마주하는 힘은 나를 위한 것이다.

신체적인 힘도, 정신적인 힘도 본인의 노력으로 충분히 키울 수 있다. 신으로부터 아무런 재능도 부여받지 못한 평범한 사람이라 할지라도 말이다. 그러니 더 많은 일을, 더 잘하고 싶다면 체력을 기르도록 하자. 이 차이가 당신을 더욱 탁월한 사람으로 만들어줄 것이다.

행운을
끌어당기는 습관

기회는 움직이는 자에게 온다. 그리고 동시에 우리는 기회를 알아볼 수 있는 안목도 길러야 한다. "기회는 기회의 모습으로 찾아오지 않는다"라는 말이 있을 정도로 기회를 알아채는 일은 쉽지 않다. 길다면 길고 짧다면 짧은 인생을 살아보니 나는 기회란 역시 적극적으로 움직이는 사람에게 우연히 주어지는 것이라 생각하게 되었다. 성공하기 위해서는 노력도 물론 중요하지만, 결국 성공을 거머쥐는 사람은 노력에 기회가 더해진 사람이다. 그러므로 내게 행운이 찾아왔을 때 알아볼 수 있는 안목을 지니는 것이 중요하다.

신호등이 있는 이유는 가야 할 때와 멈춰 설 때를 알게 하기 위함이다. 정신없이 달리며 일을 하다가도 빨간불을 지나치진 않았는지 되돌아보고, 멈춰서 숨을 돌리다가도 파란 불을 놓치진 않았는지 확인하자. 무언가를 판단하기 전에 충분히 시간을 들여 고민하는 습관을 갖자. 이러한 습관이 쌓이면 자연스레 주변에 기회가 넘쳐날 것이고, 그 기회를 포착해 노력하면 더 나은 환경으로 나아갈 수 있을 것이다.

매일 행복할 수 없어도
매일 웃을 수는 있다

　우리는 누구나 보장되지 않은 미래의 행복을 좇지 말고 지금 이 순간 행복해져야 한다는 사실을 알고 있다. 그럼에도 행복해지기 어려운 이유는 행복을 너무 추상적인 개념으로만 이해해서가 아닐까. 지금 당장 웃을 수 있는 구체적인 일을 찾아본다면 행복에 다가가기가 조금 더 수월해질 것이다. 그러니 막연하고 거대한 행복을 찾기보다 작고 소소한 순간에 주목해보자. 좋아하는 사람을 만나는 일, 맛있는 음식을 먹는 일, 재밌는 책이나 영화를 보는 일 등 일상에는 미처 깨닫지 못한 사소하지만 소중한 순간들이 많다. 수능이나 자격증 시험을 앞두고 공부하고 있다면, 평소 혼자 다니던 독서실을 가끔은 친구와 함께 가보자. 오가는 길에 잠깐 떠는 수다가 스트레스를 다소 줄여줄 것이다. 혼자 웃고 넘기던 인스타그램이나 페이스북 게시물도 댓글로 친구를 소환해서 즐거움을 나눌 수 있다. 이렇듯 지금 당장 웃을 수 있는 일은 주변에 널려 있다. 이렇게 말하면 어떤 이는 코웃음을 치면서 고작 그 정도로 행복해질 수 있느냐고 묻는다. 하지만 나는 되묻고 싶다. 이렇게 소소한 행복도 느낄 수 없는데, 어떻게 큰 행복을 손에 넣을 수 있겠냐고 말이다.

내가 생각하는 행복은 소소한 만족감이 모여 이루는 시간이다. 힘들고 막막한 때일지라도 작은 웃음으로 긴장을 해소할 줄 안다면, 이미 당신은 행복하게 지내고 있는 게 아닐까. 행복한 사람은 주변에서 아무리 시기하고 질투하고 끌어내려도 결국 다시 일어난다. 말로 행복을 표현하지 않아도 온몸으로 행복을 느끼며, 그런 태도가 그 사람의 삶 전체에 긍정적인 영향을 미친다. 그러니 우리 같이 행복해지자.

기대하되
실망하지 않는 법

　기대란 바라는 것이 이루어지길 바라는 희망의 마음이다. 목표가 확실한 사람은 노력하다 보면 꿈이 이루어진다는 기대를 품고, 인간관계를 중요시하는 사람은 내가 마음을 준 만큼 상대도 돌려줄 것이라는 기대를 품는다. 설령 이 기대가 헛된 희망이라는 사실을 알고 있다 하더라도, 내가 투자한 만큼 보상이 돌아오지 않으면 "이게 현실이구나"라면서 실망하는 것이 보통의 인간이다.

　이때 경계해야 할 것은 "그럼 그렇지, 어차피 안 되는 일이었어", "역시 사람은 믿는 게 아니야"라면서 자포자기하는 태도다. 어떤 일을 기대하고 바란다는 것은 그 사람의 '이상'이다. 이상은 마치 태양과 같아서 어둠 속에서는 우리를 밝은

길로 이끌어주지만, 무모하게 다가가면 흔적조차 남기지 않고 태워버린다. 그러니 보상 심리에 매몰되지 않기 위해서는 '그럴 수도 있지'라는 가볍고 여유로운 마인드를 장착하여 실패했을 때의 충격을 완화하는 편이 좋다. 욕망을 철저히 억누르거나 모든 사람에게 벽을 쌓으라는 얘기가 아니다. 불가능한 꿈을 꾸어도 된다. 나에게 무심한 상대에게 마음을 줘도 된다. 하지만 기대가 좌절되었을 때 마음이 다 무너져버리는 사태를 방지하려면 각오와 대비가 필요하다.

기본적인 생계는 유지하면서 도전을 이어나가자. 모든 것을 버리고 뛰어드는 사람은 용감한 것이 아니라 무모한 것이다. 내가 할 수 있는 일과 할 수 없는 일을 구분하고, 할 수 없는 일에는 도움을 구할 줄 알아야 한다. 타인의 도움 없이는 어느 누구도 결과물을 만들어내지 못한다.

또 관계를 잘 꾸려나가기 위해서는 서로 이해해야 하며, 대화를 통해 자신의 기준과 상대방의 기준을 맞추어나갈 필요가 있다. 무엇보다 아무리 지속하려 노력해도 유통기한이 정해진 관계도 있다는 사실을 인정하자.

현실적인 마인드를 갖추되 인생 자체는 긍정적으로 살아가자. 자신과 약속했던 다짐들을 하나씩 이루다 보면 이상이 어느덧 현실로 눈앞에 펼쳐질 테니까.

"너 좀 예민한 것 같아"라는
충고에 대해

'예민한 사람'이라고 하면 떠오르는 이미지가 있다. 좋게 좋게 넘어가지 않는 사람, 불평이 많은 사람 등이 그것이다. 잠을 자다가도 옆방 문 열리는 소리에 깰 것 같고, 다른 사람은 대수롭지 않게 넘어가는 일에 유난히 신경 쓸 것 같기도 하다. 그렇다. 예민한 사람은 언제나 피곤하게 군다. 그렇다면 예민하다는 말의 사전적 정의는 무엇일까.

예민하다(銳敏하다)[예ː민하다]

「형용사」

1. 무엇인가를 느끼는 능력이나 분석하고 판단하는 능력이 빠르고 뛰어나다.

다시 말해 작은 변화나 신호 등을 빠르게 감지하고 반응하는 것을 말한다. 또 감정에 빠르게 몰입하고 섬세한 사람을 일컫는 말이기도 하다. 예민한 사람들은 문제가 닥쳤을 때 누구보다 먼저 그 사실을 알아차리고 깊게 받아들이기 때문에 "넌 왜 이렇게 별것도 아닌 일에 신경을 써?"라는 지적을 자주 받는다. 그런데 이 말을 들여다보면 '적당히 넘어가면 되지, 왜 이렇게 갑갑하게 굴어서 분위기를 망쳐?'라는 의미가 함축되어 있다.

사실 우리는 모두 어떤 분야에 있어서는 예민한 사람들이다. 나 또한 글을 쓸 때는 예민하다. 어떤 글을 쓰면 좋을지 항상 고민한다. 특정한 경험을 했을 때 이를 느끼고 분석하고 판단한 후 추상적인 생각들을 눈에 보이게끔 문장으로 정리한다. 주변 사람에게 예민하다는 말을 직접 들어본 적은 없지만, 글을 쓰기 위해 감각을 '예민하게' 가꾸다 보니 작가가 되었다. 가령 나는 독서 모임에서 "그냥 좋았다"라고 자기 소감을 마치는 사람을 좋아하지 않는다. 모임의 목적이 그저 한 권의 책을 읽는 것이라면 상관이 없으나, 다양한 관점과 영감을 공유하려 만든 자리에서 '좋았다'라는 지극히 간단한 답변은 모임에 참석한 이들에 대한 예의가 아니라고 생각한다.

다시 한번 말하지만 인간은 모두 예민하며, 예민한 지점도 사람마다 다르다. 다만 우리 사회가 예민함을 부정적인 특성으로 인식하기 때문에 지양하려 할 뿐이다. 그러니 주변의 누군가가 예민하다고 느껴진다면, 당신 또한 다른 누군가에게는 예민한 사람이라는 사실을 기억하고 너그럽게 넘어가길 바란다.

우울증에 관한
고찰

　나는 한때 우울증이 노력으로 어떻게든 극복해낼 수 있는 것이라 생각했다. 그래서 타인에게 동기 부여하는 일을 좋아했다. 누구든 나처럼 과거의 상처를 극복하고 우울증을 이겨낼 수 있을 거라 여겼고, 무엇보다 글쓰기가 어떤 상처든 치유할 수 있다고 믿었다. 많은 작가들이 글쓰기로 우울증을 극복했다고 주장했기 때문이다.

　글을 쓴다는 행위는 어떤 식으로든 자신을 표현하는 일이기 때문에 정신 건강에 제법 도움이 되는 게 사실이다. 그러나 우울증이 정신질환이라는 사실을 인지하고 나서는 꽤 조심스레 접근하고 있다.

의학적 정의에 따르면 우울증은 단순히 우울한 느낌이 아니며, '전두엽·변연계의 기능 저하로 우울하고 의욕이 없으며 집중력이 떨어지는 상태'를 말한다. 우울증에 걸린 사람들은 일상의 어떤 자극에도 별다른 감흥을 느끼지 못하거나(정확하게는 무기력하다고 볼 수 있다) 혹은 부정적인 감정에 휩싸여 있다. 어떤 사람은 '누가 어떤 말을 해도 전부 나를 비난하는 것처럼 들리는 기분'이라고 말했다. 그러므로 우울증은 누구나 한 번씩 느끼는 '우울감'과는 완전히 다른 개념이다. 일시적인 기분이 아니라 뇌가 고장 난 상태에 가깝기 때문에 개인의 의지만으로는 해결하기 어렵다. 그렇기에 우울증은 전문가로부터 치료를 받아야 한다.

환자의 가족, 친구, 애인의 역할도 무척 중요하다. '너보다 힘든 사람 많아', '네 태도가 문제야'라는 식의 어쭙잖은 충고는 절대 하지 말자. 차분히 이야기를 들어주고, 긍정적인 영향을 미치는 선에서 도와주어야 한다.

만약에 우리의
성별이 바뀐다면

셔츠를 풀어헤치고 자신의 복근을 자랑하는 터프한 여성, 핫팬츠를 입고 자신의 섹시함을 어필하는 남성이 당연시 여겨지는 세상이 있다. 이는 영화 〈거꾸로 가는 남자〉의 세계관이다. 이 영화의 주인공 다미앵은 어릴 적 트라우마로 남성 중심 사상이 깊이 박혀 있는 사람이다. 또한 한 해 동안 여성과 잠자리를 가진 횟수를 기록하고 다음 해와 비교하는 앱을 기획하는 어딘가 불쾌한 바람둥이다. 그러던 어느 날 다미앵은 자신이 살고 있는 세계와 전혀 다른 세계, 즉 여성 중심 사회로 떨어진다. 혼란을 느낀 다미앵은 시간이 지나면서 그 사회에 적응하고, 사랑하는 여자 알렉산드라를 만나 결혼까지 약속한다. 하지만 알고 보니 그녀는 기혼자였다. 여기까지가 큰 줄거리다.

성별을 반전시킨다는 단순하지만 효과적인 발상으로 이 사회에서 여성들이 겪는 차별과 모순을 말하는 이 영화에서 가장 인상 깊은 대사는 이것이다.

"그래요. 나는 입 다물고 조심해야 하는데, 당신은 변할 이유가 없군요. 우리가 똑같다는 말은 틀렸어요."

여성 중심 사회에서 살아가게 된 남자 주인공 다미앵이 알렉산드라에게 던진 말이다. 남성 우월주의에 젖어 있던 다미앵의 입에서 그런 말이 나오는 것을 보면서 '역지사지'의 힘이 엄청나다는 사실을 알 수 있었다.

나는 몇 년 전만 해도 여자인 친구들이 늦은 밤 집으로 돌아갈 때 왜 굳이 서로 전화를 걸어 잘 도착했냐고 확인하는지 이해하지 못했다. 그러나 이후 여러 계기로 남성으로서 사소하다고 여기는 것들이 여성들에게는 결코 사소한 일이 아님을 자각하게 됐다. 여성들의 삶의 무게를 영화를 통해 체험하고 나자 영화가 끝난 후 내 안에 쌓인 감정들이 터진 것마냥 눈물이 나왔다. 그리고 '사회적 남성'으로서의 자신을 살펴보게 되었다. 기득권의 위치에서는 약자 혹은 소수자의 경험을 공유하기가 힘들며, 자신이 사회에 어떤 좋지 못한 영향을 미치는지도 알기 어렵다.

나는 성별로 구분되는 역할론에서 모두가 해방되어야 한

다고 믿는 사람이다. 그러기 위해서는 사회 구성원이 함께 협력해야 한다고 생각한다. 말처럼 쉬운 일이 아니지만 더는 외면해서는 안 될 문제이기도 하다.

바다를 보러 가고 싶은 마음

바다를 바라보면 모든 고민이 물살에 휩쓸려가는 것만 같다. 물속에서 헤엄칠 때는 자유로워지는 기분이다. 파도소리는 내게 안정감을 준다. 그래서 나의 연인도, 친구도, 나도 위로가 필요한 순간마다 "바다 보러 가자"라고 말한다.

자연을 바라볼 때 사람의 뇌는 휴식 상태가 된다고 한다. 그래서 휴식이 필요할 때나 글 쓰는 데 집중하고 싶을 때는 꼭 바다로 간다. 혼자 봐도 좋고 함께 봐도 즐거운 바다는 이제 나의 은신처가 됐다. 갈 곳이 없을 때 잠시 머무르다 가는 곳, 타자기 소리와 함께 조용히 영감을 나누는 곳. 이제 바다는 내 삶의 일부분이 되었다.

엄마를 평생
용서하지 못할 줄 알았다 1

엄마와 아빠는 내가 기억도 나지 않는 어린 시절에 이혼했다. 많은 사람들이 "자식 때문에 참고 산다"라고 말하며 결혼 생활을 유지한다던데, 우리 부모님에겐 해당되지 않는 말이었던 모양이다. 어릴 땐 그 사실이 야속했기에 원망의 화살은 자연스레 나를 양육하던 엄마를 향해 날아갔다.

초등학생 때와 중학생 때는 가난한 게 세상에서 가장 싫었다. 친구들을 집에 초대하고 싶어도 좁고 냄새나는 집에 부르기가 창피했다. 친구들이 입고 다니는 메이커 옷과 신발은 꿈조차 꾸지 못했다. 1만 원도 안 되는 옷을 몇 년은 입은 것 같다.

당시 엄마가 나를 폭력으로 제압하는 건 더더욱 싫었다. 엄마가 많은 사람들이 보는 앞에서 날 때리고 머리카락을 뜯어서 수치스러웠던 적도 있다. "나는 좋은 부모가 돼야지···. 절대 저렇게는 안 될 거야." 이런 다짐만 굳히며 커가면서 가난의 굴레에서 벗어나기 위해 성공에 집착했다. 간절함이 통해서였을까, 희망하는 대학교에 합격했다. 대학은 집과 멀리 떨어진 지역에 있었고, 나는 지긋지긋한 집을 벗어날 수 있다는 생각에 바로 자취 생활을 시작했다. 처음엔 엄마에게 생활비를 지원받았지만 언제부턴가 받지 않게 되었다.

엄마와 떨어져 지내니 다투는 일이 사라져서 좋았다. 태어나서 처음 맛본 안온함이었다. 주기적으로 날아오는 안부 문자에도 잘 답장하지 않았다. 문자로 이야기를 나누는 것만으로도 과거의 기억들이 올라올 것 같았다. 그렇게 홀로 있는 시간에 나 자신에게 집중했다. 시간은 좀 걸렸지만, 글을 쓰며 아팠던 과거를 되돌아보면서 유년 시절의 아픔을 어느 정도 극복했다. 타인의 아픔에 공감하는 법을 배웠고, 위로의 말을 건넬 줄 알게 되었다. 그렇게 미움이 가라앉을 때쯤, 나는 엄마를 다시 만났다.

엄마는 젊었을 때와 달리 약해 보였다. 얼굴과 손에는 주름이 가득했고, 손등은 부르터 거칠거칠했다. 우리가 함께 살던 집에 남아 아직도 혼자 지내는 엄마를 보니 안타까웠다. 나 하나 키우기 위해서 청춘을 바쳤는데, 내가 밉지 않았을까. 무자비하게 흘러가는 세월이 야속하진 않았을까. 어쩌면 나란 존재는 한 여자의 인생을 망친 것일지도 모른다, 그런 생각이 들자 엄마의 삶이 달라 보이기 시작했다.

엄마를 평생 용서하지
못할 줄 알았다 2

엄마는 스물세 살에 나를 낳았다. 요즘으로 치면 대학교에 다니거나 직장 초년생으로 한창 연애 중이거나 자신이 하고 싶은 일에 도전할 나이다. 그런 젊은 나이에 자식을 낳아 아빠 없이 자라는 모습을 보는 그녀의 마음은 어땠을까. 솔직히 잘 모르겠다. 가슴 아팠을까, 아니면 의외로 무덤덤했을까.

홀몸으로 나를 먹여 살려야 했던 엄마는 어쩔 수 없이 나를 어린이집에 맡겼다. 어린 자식을 다른 사람에게 맡기는 그 마음은 어땠을까. 혹여나 사고가 나진 않을지 안절부절못했을까, 아니면 꼴 보기 싫은 자식과 잠깐이나마 떨어져서 홀가분했을까.

일본에서 살던 시절, 한번은 중국인에게 납치를 당할 뻔

한 일이 있었다. 다행히 누군가가 신고를 빨리해서 사태가 심각해지기 전에 납치범도 붙잡히고 나도 무사히 집으로 돌아왔다. 그 사건 때문에 그녀는 지금까지도 중국 사람을 경계한다.

내가 커가면서 엄마에게 자주 들었던 말이 있다. "어릴 적에는 참 예뻤는데…." 아마 사춘기 때 말을 지지리도 안 들었기 때문이라 생각한다. 하지만 엄마는 그렇게 말을 듣지 않던 내게 다른 것은 몰라도 끼니는 꼭 챙겨 먹으라며 손에 용돈을 쥐어줬다. 몸이 아파서 일도 제대로 하지 못했으면서 돈은 어디서 났던 건지. 아들은 어느덧 성인이 되어 대학 장학금을 받기 위해 공부하고, 생활비를 벌기 위해 아르바이트를 시작했다. 평일 새벽에는 상·하차 아르바이트를 하고 주말에는 편의점에서 야간 아르바이트를 했다. 그러던 아들이 어느 날 갑자기 휴학을 하더니 글을 쓰기 시작했단다. 어디 믿는 구석이라도 있는지 자신감이 넘치는 모습이었다. 이미 책도 출간했다고 한다. 하지만 엄마는 바쁘게 돈을 벌고 꿈을 위해 발버둥치는 아들의 모습이 안쓰러웠나 보다. 엄마는 아들에게 말했다.

"아들, 내가 새로운 사람을 만날까? 그러면 아들이 이렇게 고생하지 않아도 되는데…."

엄마가 처음으로 보인 나약한 모습에 아들은 당황했다. '여자는 약하지만, 엄마는 강하다'라는 말이 헛소리라는 것을 깨달았다. 엄마도 한 사람의 여자였다. 그 말을 들은 아들은 자신 있게 말했다.

"돈 때문에 걱정하는 거라면 그럴 필요 없어. 나는 반드시 잘될 거니까. 엄마가 하고 싶은 일 금방 할 수 있게 해줄게. 걱정하지 마."

아들의 태도는 조금씩 변해갔다. 엄마에게 받은 상처가 아직 다 아물지는 않았지만 관계를 좁히기 위해 조금씩 노력하는 듯했다. 차마 사랑한다는 말은 못해도, 어버이날이면 꽃을 선물했고 용돈도 조금씩 드렸다. 애인만큼, 아니 어쩌면 애인보다 더 아들을 걱정하고 신경 써주는 사람은 엄마였다.

엄마는 남들이 자식한테 해줄 수 있는 일은 못 해주었지만, 자신이 해줄 수 있는 일들을 해주었다. 내가 성인이 되기까지 우리는 서로에게 많은 상처를 주고받았다. 하지만 앞으로는 꽃길을 함께 걸을 것이라 믿는다. 반드시 잘해나갈 수 있다. 사고방식은 너무나 다르지만 누구보다 나를 위해주는 사람, 우리 엄마.

호의를 당연하게
여기는 마음

"작가님은 정말 좋겠어요. 다른 사람 고민도 신경 쓸 만큼 여유가 있는 것 같아서요."

인스타그램 프로필에 '다이렉트 메시지로 고민을 남겨주면 답장하겠다'고 써놓은 적이 있었는데, 진지하게 조언을 구하는 글 외에도 단순한 푸념성 글이 적지 않게 오곤 했다. 일례로 '고민 들어줄 여유도 있어서 좋겠다'라는 메시지를 받았을 때 나는 잠시 생각에 잠겼다. 당시 나는 시간이 남아돌기 때문에 고민을 받는 게 아니었다. 내가 피드에 올리는 글을 보고도 고민이 해결되지 않는 사람들을 위해 시간을 쓰는 것이었다.

나도 생계를 위해 일하고, 글을 쓰고, 내 사람들을 챙기느라 시간이 늘 부족하다. 그런데도 상담을 통해 사람들과 소통

하는 이유는 내 글을 봐주는 사람들에게 작은 호의를 베풀고 싶어서이다. 내 답변이 그 사람의 문제를 단번에 해결해주는 것도 아니고, 조금도 도움이 안 될 수 있다. 그렇기 때문에 돈은 받지 않는다.

대화하고 나면 마음이 편해지는 사람의 공통점은 본인이 하고 싶은 말을 삼키고 상대의 이야기를 경청한다는 점이다. 간단해보이지만 사실 이는 쉽지 않다. 누구나 자기 이야기를 하고 싶어 하고, 또 누군가 자신의 이야기를 들어주길 원한다. 그런 욕구를 억누르고 남의 말을 차분히 듣는 일에는 생각보다 큰 에너지가 필요하다. 그러니 상대방의 경청을 자신의 권리라 생각하며 당연시 여기지 않았으면 한다.

나를 지킬 수 있는
말의 힘을 기르자

적게는 수십, 많게는 수백만 명이 보는 SNS 공간에서 글을 쓰다 보면 여기저기에 비난이나 공격하는 댓글을 달고 다니는 악플러들과 종종 마주친다. 한번은 논리적으로 문제를 제기하길래 나도 허점 없이 반박하여 대처했다. 그러자 상대가 논점을 흐리며 주제와 상관없는 말을 하기 시작했고, 난 조용히 차단 기능을 이용할 수밖에 없었다(물론 반대로 내가 차단을 당하기도 한다). 한두 번 있는 일이 아니다 보니 이제는 불평만 하고 비난하는 사람은 무시한다. 비판이라면 수용할 여지라도 있지만, 비난은 굳이 시간 내 들어줄 필요가 없다는 사실을 알기 때문이다. 다만 그럴 때마다 나는 '어휘력 키우는 것을 멈추지 말자', '나를 지키는 수단인 글쓰기를 포기하지 말자'라고 다시 한번 다짐한다.

꼭 악플러에 대처하기 위해서가 아니더라도, 풍부한 언어 능력은 일할 때나 친구와 소통할 때, 낯선 사람에게 내 생각을 정확히 주장할 때 반드시 필요하다. 그리고 글쓰기는 어휘력을 키우는 데 매우 효과적이다.

사람은 말에 무너지기도 하지만 말로 일어서기도 한다. 그런 면에서 글쓰기는 창이 될 수도 있고 방패가 될 수도 있다. 그런 글쓰기를, 나를 싫어하는 이들에게 위축되어 그만두진 않겠다. 타인의 공격에 흔들릴지언정 포기하는 일은 없을 것이다.

삶에 회의감이
든다면

이따금 이유 없이 공허하고 무기력할 때가 있다.

"나는 정말 잘하고 있는 걸까."

아무리 긍정적으로 생각하고 앞으로 나아가려 해도 답답한 마음이 사라지지 않는다. 어쩌면 지금 내가 원하는 성과를 어느 정도 이룬 이유는 열심히 살아서가 아니라 매번 운 좋게 맞는 길을 선택해서일지 모른다. 애초에 성공이라는 고지는 노력만이 아니라 노력에 운이 보태져야 다다를 수 있기 때문이다.

애써 자신감을 가져보려 해도 스스로가 보잘것없다는 생각이 떠나질 않고, 나 자신이 한없이 초라하게 느껴질 때가 있다. 인간은 끊임없이 자기 존재 가치를 증명하기 위해 경쟁하고 투쟁하는데, 그럴 힘이 조금도 남아 있지 않을 때. 특별한 사람이 되기 위해 평생을 애써왔지만 이제 나는 세상이 평범한 삶조차 기미쥐기 어려운 곳임을 안다.

하지만 그런 세상도 조금씩 바뀌어가고 있다. 사회가 개인의 이야기에 공감하기 시작했고, 자신만의 철학과 자신만의 언어로 집단에 영향을 주는 이들이 점점 늘어나고 있다. 과거라면 돈이 되지 않았을 재능이 폭발적으로 소비되고, 무시당하던 이들이 독창적인 아이디어로 혁신을 일으킨다.

세상이 늘 제자리걸음인 것처럼 보여도 정신을 차리고 보면 늘 조금씩 바뀌어 있으며, 그 안에서 살아갈 방도를 발견할 수 있다. 자신이 정체되어 있는 것 같다면, 남들을 그저 따라가고 있는 것 같다면 잠시 멈추어서 자신에게 생각하는 시간을 허락하기 바란다. 무기력하고 우울한 감정이 지속되는 이유는 긴 시간을 놓고 봐야만 깨달을 수 있는 소중한 무언가를 놓치며 살았기 때문일 수 있다.

인생이라는
판도라 상자

　흔히 금단의 비밀이나 무서운 진실을 알게 되었을 때 "판도라의 상자를 열었다"라고 표현한다. 널리 알려진 대로 그리스 신화에 등장하는 '판도라의 상자'는 욕심, 시기, 질투, 슬픔, 미움 등 부정적인 감정들이 담긴 금단의 상자였는데, 판도라가 이 상자를 여는 바람에 세상에 부정적인 감정이 모두 퍼져 나갔다. 이때 마지막까지 상자에 남아 있던 것이 희망이었다. 인간의 삶도 이와 비슷하다. 우리는 일상에서 많은 어려움을 겪으며 고통을 경험하지만 희망은 늘 마음 한곳에 남아 자리를 지킨다. 희망은 삶의 나침반이 되어 가야 할 길을 알려준다.

　어릴 적 일본에서 부모님이 이혼한 후 나는 가정에서 한 사람으로 인정받지 못했다. 충족되지 못한 인정의 욕구를 친

구들 사이에서 채우자니 상처받을 일이 많았다. 매년 이사했기 때문에 친구들을 깊게 사귈 수 없었다. 어느덧 열두 살이 되어 한국으로 돌아오기 전, 일본에서 사귄 마지막 친구들은 마음의 벽을 허물지 못했던 나의 손을 붙잡아주었다. 왜 나를 이렇게까지 챙겨주느냐고 묻자 "친구니까 챙기지, 다른 이유가 있겠냐"라는 대답이 돌아왔다. 그 순간, 앞으로 살아가야 할 인생의 퍼즐 조각 하나가 맞춰진 기분이었다.

한국에 와서는 욕부터 배웠다. 언제나 욕이 나를 따라다녔기 때문이다. 그중에서도 '쪽발이'라는 말을 가장 많이 들었다. 중학생 때는 죽으면 편해질까 끊임없이 생각했다. 아침이 되면 그런 생각은 잠시 사라졌지만, 낮 동안 마음고생을 하다 밤이 찾아오면 다시 자살 충동이 일었다. 중학생 때까지 흘린 눈물이 내가 평생 흘릴 눈물의 절반쯤 되지 않을까.

고등학생이 된 후, 마음은 여전히 거칠었지만 무언가 해보겠다는 의지가 움텄다. 가난에서 벗어나겠다는 의지, 성공하겠다는 의지 하나만 가지고 하루하루 버텼다. 신문 배달을 하면서 학원비를 마련해 실용음악 학원에 다니던 시절이 유독 기억난다. 감정을 표현하는 일을 하고 싶었는데 음악이 그런 일이라는 생각이 들어 1년 동안 학교가 끝나면 학원 문이 닫힐 때까지 연습을 계속했다. 저녁으로는 500원짜리 컵라면과 삼각김밥을 사 먹으면서 꿈을 그려나갔다.

하지만 고등학교 3학년이 되자 현실과 타협해야 했다. 노래 실력이 크게 늘지 않아서 실용음악과 진학이라는 목표를 접었고, 이후로는 생활기록부를 채우기 위해 교내 활동에 집중했다. 독서 감상 대회 독후감 때문에 마지못해 읽기 시작한 책은 학교에서 배울 수 없는 것들을 알려주었다.

명문대생에게 고액 과외를 받아본 적은 없지만, 위인이라 불리는 이들의 이야기를 읽으면서 인생을 배울 수는 있었다. 내 20대의 절반은 작가라고 불리기까지 홀로 서는 시간이었다. 글을 한창 쓰던 초기에는 타인에게 힘이 되고 긍정적인 영향을 주길 바라는 마음으로 써 나갔다. 지금은 사람들이 공감할 수 있고 사람들에게 위로가 되는 글을 쓰고 싶다. 그들이 내 가치관에 물들길 바라는 마음보다는 뭔가를 선택할 때 참고가 됐으면 하는 마음이다.

사실 지금도 믿기지 않는다. 교과서조차 보기 싫어했던 내가, '어떡해'와 '어떻해'와 같은 기본적인 맞춤법조차 알지 못했던 내가 이렇게 작가가 되었다는 사실 자체가 놀랍다. 내 삶의 이야기를 중학교 시절에서 끊으면 그 이야기는 굉장히 암울하고 잔혹하다. 그러나 나는 그 이후를 다른 이야기로 만들었다. 지금도 어쩌면 누군가는 과거의 나처럼 자신이 태어나지 않는 편이 좋았겠다고 생각할 지도 모른다. 그런데 힘든 시절을 통과하니 도착지에 찬란한 수확이 기다리고 있었다.

나는 아직 인생의 절반도 안 왔지만 꾸준히 나아갈 생각이다. 꿈이든 인간관계든, 누구나 처음엔 반짝이는 호기심으로 시작한다. 그러나 중간에 어려움에 부딪히며, 모든 과정이 끝나고 나면 좋든 싫든 잃는 것이 있다. 하지만 무조건 얻을 수 있는 방법이 있다. 그건 경험을 교훈으로 삼는 것이다. 교훈을 통해 인생을 배우고, 그 배움을 멈추지 않는다면 인생이라는 판도라 상자를 잘못 열었다고 후회할 일이 없을 것이다.

마음을
살펴야 하는 이유

내가 감정 기복이 심하고 이유 없이 우울한 이유는 내 마음을 제대로 살피지 않았기 때문이다. 마음을 수시로 점검하지 않으면 시시각각 드는 감정에 빠지고 외부 환경에 흔들리게 된다. 때로는 다른 사람의 부탁을 거절하고 좋은 사람이 되길 거부하면서 이기적으로 살아야 하는 이유가 바로 이것이다. 지나치게 다른 사람에게 맞춰주다 보면 내 안의 감정이 모두 소진되어 자연스레 번아웃이 찾아온다. 나의 본분은 지키되 자신의 한계를 파악하고 무리하지 말아야 한다.

다른 것에 치우치지 않고 중심을 잡으며 나아갈 방향을 뚜렷하게 설정할 때 두려움은 사라진다. 알 수 없는 미래가 두려운 이유는 내가 어떤 사람인지 모르기 때문이다. 우리는 스스로를 이해하지 못하기에 쉬면서도 무언가를 해야 할 것 같은 불안에 시달린다. 내가 어디로 가야 하는지 알고, 무엇을 좋아하고 싫어하는지, 어떤 것이 필요한지 알고만 있다면 쉬는 시간을 가져도 스트레스를 받지 않는다. 그렇다. 자신의 마음을 살필 줄 아는 사람에게 휴식은 바닥난 에너지를 정비하는 시간이 될 것이다.

욕망을
밀고 당기자

사람에게는 누구나 욕망이 존재한다. 욕망은 우리가 무언가를 열심히 하게 만드는 동력이 되기도 하고, 지루한 일상을 반복할 삶의 이유가 되기도 한다. 스스로 간절히 원하는 것을 추구할 때 삶은 더욱 윤택해질 수 있다.

그러나 우리의 욕망 중 상당수는 사회 혹은 타자로부터 학습된 욕망이다. 어릴 적부터 귀에 못 박힐 만큼 들어온, 부모님 말씀을 잘 들어야 한다거나 친구들과 사이좋게 지내야 한다는 규범들이 그렇다. 나아가 성인이 되면 안정적인 직장을 가져야 하고, 자리를 잡으면 결혼해서 아이를 낳아야 한다는 생각이 우리를 집어삼킨다. 타인과 나의 외모를 끊임없이 비교하고 정상이라 간주되는 범주에서 벗어나면 자책하고 괴로워한다. 연예인, 인플루언서 같은 선망의 대상과 닮아가길 원한다. 사회적인 기준에 부합하는 사람은 긍정적으로 인식하면서, 그렇지 않으면 보잘것없다고 생각한다.

나는 이런 현상이 잘못됐다고 말하고 싶은 건 아니다. 문제는 다른 사람이 강요하는 것들로 내 안을 채우다 보면 나의 모습은 줄어들고 끝내 사라진다는 점이다. 자칫 잘못하면 자신이 진정 원하는 것이 무엇인지도 모른 채 겉으로만 행복한 척하는 사람이 될 수도 있다. 이렇게 몇 년, 몇십 년을 살다 보면 후회하는 쪽은 나 자신이지 다른 사람이 아니다.

다른 사람의 욕망을 수용해도 괜찮다. 하지만 동시에 자신이 정말로 원하는 게 무엇인지 생각할 수 있는 힘을 길렀으면 좋겠다. 삶의 주도권을 다른 사람이 쥐게 하는 것과 스스로 주인이 되는 것은 다르다. 내가 항상 세상이라는 무대의 주역이 될 수는 없다. 하지만 자신이 원하는 것을 찾고 그것에 의미를 느끼며 살아간다면 누구나 자신의 삶에서는 주인공이 될 수 있다고 믿는다.

사람은 바뀌기보다
성장한다

　같은 실수를 반복하지 않는 것은 기계나 가능한 일이다. 만약 어떤 사람이 단점을 전면적으로 보완하고 이전과 달라졌다는 인상을 풍긴다면, 그 사람을 바라보는 당신의 관점이 달라졌을 확률이 높다. 즉 당신이 그 사람을 있는 그대로 받아들인 것이지, 그 사람의 성향이 백팔십도 바뀐 것은 아니라는 말이다.

　상대방의 결점을 이해하듯 자신의 결점에도 어느 정도 관대해져야 한다. 상대에게 피해를 주는 결점이라면 고치려 노력해야겠으나 단지 그 모습이 마음에 안 들어서 자책하고 있다면 조금 덜 신경 써도 괜찮다고 말해주고 싶다.

　나는 한때 완벽한 사람이 되려고 노력했고, 그 길이 정답인 줄 알았다. 하지만 어느 순간 완벽함에 대한 나의 기준을 상대에게도 강요하는 모습을 발견하게 되었다. 그때 아차, 뭔가 잘못됐구나 싶었다.

변한다는 것은 세상에서 가장 어려운 일인 동시에 쉬운 일이다. 쉽다고 말할 수 있는 이유는 변하겠다고 다짐하는 순간 이미 절반은 변화한 것이기 때문이다. 그리고 무엇보다 인간은 완전히 바뀔 수는 없어도 노력을 거듭하여 피드백을 주고받다 보면 자연스럽게 성장하는 존재다. 그러니 자신의 삶을 망가진 인생이라고 생각하지 말기 바란다. 그저 더 나은 내가 되고 싶은 그 마음 하나만 간직하면 충분하다. 간절한 사람에게 나머지 행동은 알아서 따라오기 마련이니까.

여행을 바라보는
시선

여행을 갔다가 삭막한 현실로 돌아오면 이런 생각을 하는 사람이 있다.

'차라리 그 돈을 모아서 차를 샀으면 어땠을까.'

'그 돈으로 비싼 옷 한 벌 샀으면 좋았을 텐데….'

그들은 여행에 투자한 비용으로 할 수 있었던 일들을 따지며 여행 다녀온 사실 자체를 후회한다. 하지만 나는 여행이야말로 정말 값진 일이라고 생각한다. 여행 다니길 즐기는 사람이라면 이 말에 동의할 것이다.

여행을 현실의 탈출 수단으로만 여긴다면 당연히 그 가치가 떨어질 수밖에 없다. 여행을 다녀올 때마다 자괴감이 드는 당신에게 '갭이어'를 소개한다. 갭이어란 '모든 학업이나 일을 중단하고 봉사활동, 여행, 진로 고민 등의 시간을 갖는 것'을 말한다. '한국갭이어'라는 단체를 운영 중인 안시준 대표는 『여행은 최고의 공부다』에서 "여행을 하면서 원래 나라고 생각하던 나는 어디 가고 전혀 새로운 내가 불쑥불쑥 나타나고 있었다"라고 말한다. 또한 많은 여행 에세이에서 '여행을 가면 다른 세상이 보이는 게 아니라 또 다른 나를 발견하게 된다'라고 언급한다. 여행이 우리에게 주는 선물은 몰랐던 나의 모습이다. 이 가치를 아는 사람은 여행을 통해서 자아를 성찰하고 스스로 발전한다. 우리 사회에 한참 인문학 열풍이 불던 때가 있는데, 인문학이 사람을 연구하는 학문이라면 여행이야말로 진정한 인문학이 아닐까.

나는 여행지에서 풍경을 카메라에 담는 것보다 그곳에 있는 나의 모습을 삼인칭 시점으로 머릿속에 그리는 것에 집중한다. 그리고 내가 어떤 기분인지 들여다보고, 그 섬세한 감정들을 구체화시켜 글에 담는다. 그렇게 기록과 함께 사진을 찍어놓으면 나중에 사진을 꺼내봤을 때 당시의 느낌을 어느 정도 재현할 수 있다. "아, 내가 이때는 이런 생각을 하고 있었구나"라는 생각이 들면서 자신과 대화하는 시간을 가질 수 있다.

만약 앞날이 막막하거나 어디로 가야 할지 갈피가 잡히지 않으면 한 번쯤 혼자서 여행을 다녀오길 추천한다. 여행은 나를 들여다보는 계기를 마련해주고 언제든 추억이 되어 동기를 부여 할 촉진제가 될 테니까.

미안하지만 오늘은
이만 좀 쉴게요

　　중국의 베스트셀러 작가 리샹룽은 『당신은 겉보기에 노력하고 있을 뿐』에서 '휴식'이 무엇인지 설명하기 위해 어느 스타 강사의 삶을 예로 든다. 그 강사는 글쓰기는 물론 강연과 독서, 각종 대외 활동까지 본업과 겸행하면서 하루에 여러 가지 일을 소화해내고 있었다. 단 1분도 허투루 보내지 않는 강사에게 한 독자가 이렇게 물었다. "어떻게 혼자 이렇게 많은 일을 하세요? 안 쉬세요? 당신은 철인입니까?" 돌아오는 그의 대답. "다른 일로 계속 바꾸어가면서 하는 게 일종의 휴식이죠." 그리고 리샹룽은 책에서 이렇게 덧붙인다.

　　"폭풍 수면 같은 것은 사실 진짜 휴식이 아니다. 뇌의 관심사를 전환하는 것이야말로 진짜 휴식이다."

열정이 가득했던 과거의 나는 이 말에 적극 동의했다. 하지만 지금은 모든 여건이 갖추어진 이상적인 환경에서도 실천하기 힘든 마인드라고 생각한다. 그리고 사실 리샹룽이 예시로 들었던 스타 강사의 하루를 누가 24시간 옆에서 관찰한 것이 아니기 때문에 그 말이 사실인지 아닌지 판단하기도 어렵다. 이런 마인드는 이른바 '대표님 마인드'가 아닌가 싶다.

나는 한국 사회가 누군가 휴식을 취하거나 "쉬겠다"라고 말할 때 괜한 선입견을 품고 바라보지 않았으면 한다. 끊임없이 움직여야 성실한 사람이라는 생각, 혹은 일을 멈추면 현실에 안주하고 있는 사람이라는 인식 말이다. 아무리 끊임없이 움직여도 방향도 모르는 채로 달려가면 의미가 없다. 때로는 쉬면서 지친 마음을 달랠 필요가 있다. 우리는 기계가 아니라 존엄성을 지닌 인간이니까.

"미안하지만, 오늘은 이만 좀 쉴게요."

언젠가는 누구나 자연스럽게 이런 말을 할 수 있고, 누구도 그에 대해 부정적인 판단을 하지 않는 사회가 되길 바란다.

에필로그

영화 〈죽은 시인의 사회〉에서 기억에 남는 장면이 있다. 교사가 수업을 하던 중 뜬금없이 책상에 올라가 학생들에게 묻는다.

"내가 여기에 왜 올라왔는지 아는 사람?"

이어서 교사가 말한다.

"이 교실을 다른 각도로 바라보기 위함이다. 어떤 사실을 알고 있다고 생각할 때, 그것을 다른 시각에서 봐야 해. 너희 자신의 목소리를 찾을 수 있도록 투쟁해야 해."

우리가 살아가는 세상은 바쁘게 움직이며 항상 새로운 문제가 생겨난다. 예기치 못한 어려움이 늘 나를 당황하게 만들고, 어떤 사건은 내게 씻을 수 없는 상처를 준다. 혼자 밤을 새워가며 찾은 해결책도 나의 현실을 바꿔주지 않기에 무력감을 느끼곤 한다.

그럴 때 관점을 달리한다는 것은 마치 내가 매일 앉아 있는 자리, 그 책상 위에 올라가듯 사건을 더 넓은 범위에서 내려다보는 일이다. 설령 같은 문제라 하더라도 100명의 사람이 있으면 이에 대한 정의나 관점 모두 달라 결국 100가지 정답이 나온다.

나의 관점이 여러분에게 도움이 됐으면 하는 바람이다. 혹시나 하는 마음으로 집어 든 이 책이 자신만의 결론을 찾는데 작게나마 영감을 주었으면 좋겠다. 새로운 생각은 그것의 존재를 인지하는 순간부터 시작되니까.

당신이 이 책을 펼칠 때, 그곳이 어디든 온전한 휴식이 당신에게 찾아가기를 간곡히 바라본다.

오늘은 이만 좀 쉴게요

초판 1쇄 발행   2021년 3월 10일
초판 50쇄 발행   2023년 12월 13일

글   손힘찬 (오가타 마리토)
그림   이다영

편집인   이기웅
책임편집   한의진
편집   주소림, 안희주, 김혜영, 양수인, 이원지, 오윤나, 이현지
디자인   MALLYBOOK 최윤선, 오미인, 조여름
책임마케팅   김서연, 김예진, 박시은, 김지원, 류지현, 김찬빈, 김소희, 배성원
마케팅   유인철
경영지원   박혜정, 최성민, 박상박
제작   제이오

펴낸이   유귀선
펴낸곳   ㈜바이포엠 스튜디오
출판등록   제2020-000145호(2020년 6월 10일)
주소   서울시 강남구 테헤란로 332, 에이치제이타워 20층
이메일   odr@studioodr.com

ISBN 979-11-91043-18-1 (03810)

스튜디오오드리는 ㈜바이포엠 스튜디오의 출판브랜드입니다.